바보 한민족

2. 말의 시원

말은 사람들 삶의 가치와 기준의 경전

바보 한민족

2. 말의 시원

박해조 지음

울연 모시는사람들

말의 원료와 말이 만들어지는 과정과 말의 쓰임은 너무도 아름다워 눈이 부실 지경입니다. 말의 모든 것을 알고 난 순간, 말의 찬란함에 취하여 며칠 동안 방문을 열고 산과 하늘을 보고 앉아 있었습니다. 말은 아름답기만 한 것이 아닙니다. 말이 담고 있는 가치가 너무 깊고 넓어서 한마디의 말로 표현할 수 없습니다.

말은 현재 지구상에 존재하는 어떤 유물보다 값진 보물입니다. 말을 온전하게 알면 인류가 살아온 역사와 철학 · 물리학 · 화학 · 수학 등의 모든 학문의 기초를 알 수 있습니다. 말은 학문의 원료입니다.

말은 사람들 삶의 기준과 가치를 단순하고 간결하게 정립한 이 세상에서 가장 완벽한 경전입니다. 종교의 경전도 훌륭하지만 거기에는 신神이 있습니다. 신이 있는 것은 무겁습니다. 말은 신이 없으면서 종교의 경전보다 더 아름답고 덜 무거우면서 삶의 기준을 간결하게 일러 줍니다. 종교는 민족과 문화의 벽이 있지만 말은 벽이 없습니다. 세계인의 경전이 될 만합니다.

이 기록의 내용을 입증할 만한 참고문헌은 없을 것입니다. 100년을 찾아보아도 찾지 못할 것입니다. 여기의 내용은 나의 직관으로 알아 낸 것입니다. 죄송스러운 말씀이지만 이 기록이 앞으로 어원 연구의 참고문헌이 되리라 확신합니다.

2009. 7
오대산에서 박해조

바보한민족

차례

2
말들의 시원

.

.

.

.

말들은 소통疏通의 기호가 아니다

.

.

.

.

말은 4g의 진리眞理

.

.

.

1.
말의 원료

태초에 사람들이 있었습니다

말의 탄생

태초에 사람들이 있었습니다. 그들은 조용히 앉아 숨을 조율하면 자신의 빛魂은 물론 남의 빛과 허공에서 다음에 육체를 가지고 태어나기를 기다리는 빛魂도 볼 수 있는 사람들이었습니다. 그들은 느낌이 맑고, 밝고, 섬세하여 말言과 글文字이 없이도 서로 소통하는데 아무런 불편이 없었습니다. 그들은 스스로 「빛사람」이라고 생각하며 「빛 三 · 一」를 만들어 느낌으로 살았던 사람들, 느낌 시대의 사람들이었습니다.

세월이 흐릅니다. 500년, 어쩌면 2000년인지도 모릅니다. 숫자는 그렇게 중요하지 않습니다. 세월이 흐른 것이 중요합니다. 시간이란 이 세상의 모든 것들을 변화시킵니다. 빛사람들도 변화합니다.

운동의 법칙은 구르면 구를수록 가속이 생깁니다. 사람의 몸

속에서 운동하는 파장도 예외는 아닙니다. 특히 사람의 숫자가 늘어나 의·식·주의 해결이 쉽지 않게 되면 몸속의 파장운동은 빨라집니다. 파장운동이 생각입니다. 파장운동의 폭이 높아지면 생각은 거칠어지며, 파장운동의 속도가 빨라지면 생각은 급해집니다. 생각이 거칠어지고 급해지면 느낌이 거칠어지고 굳어져 사람이 둔탁해집니다. 느낌으로 의사소통이 불가능해집니다. 처음 「빛모임」을 하여 「빛 三·一」를 만들었을 때와 지금의 빛사람들 느낌은 확연히 달라졌습니다. 느낌으로만 의사소통이 가능한 사람들의 분포도를 봅니다.

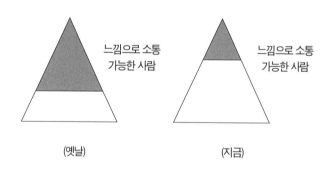

(옛날)   (지금)

빛魂을 볼 수 있는 소수의 빛사람들이 걱정을 시작합니다. 느낌으로 의사소통이 되지 않으니 폭력이 생겨납니다. 폭력은 사람이기를 포기한 행위입니다. 빛사람들은 위기라고 생각합니다. 그래서 빛사람들, 아직도 빛魂을 볼 수 있는 사람들이 모여 「빛모임」을 시작합니다. 느낌으로 의사소통이 불가능해졌으니 사람과 사람이 소통할 수 있는 새로운 수단이 필요해졌습니다. 이번 빛모임은 사람과 사람 사이의 의사소통에 필요한 '그 무엇을' 만들기 위하여 모였습니다. 빛사람들은 의견을 나눕니다. 맑고 밝은 느낌을 총동원하여 의사소통을 합니다. 고민은 오래 가지 않아서 끝이 납니다. 그들은 오래 전에 「빛 三·一」를 만들어 놓았습니다. 「빛 三·一」를 사람과 사람 사이에 소통하는 '그 무엇으로' 응용하기로 결정합니다.

빛魂과 말言

　　빛사람들, 허공에서 빛魂을 볼 수 있는 소수의 사람들이 걱정하는 것은 느낌이 둔탁해지면 「빛 三·一」를 잊는다는 것입니다. 「빛 三·一」를 잊는다는 것은 생명체의 근본 구성과 운동과 변화에 대하여 무지해진다는 것이며, 생명체에 대하여 무지해진다는 것은 생명체를 소중히 여기는 느낌이 없어진다는 것입니다. 생명체에 대한 소중한 느낌이 없어지면 사람이 아닙니다. 사람 세상에 겉만 사람이며, 속은 사람이 아닌 사람이 점차 숫자가 늘어나는 것은 이 세상의 첫 번째 재앙입니다. 빛사람들은 재앙을 예방하기 위하여 사람과 사람 사이에 의사소통도 하면서 생명체의 근본을 잊지 않도록 생명체의 근본 구성, 운동, 변화를 함축한 「빛 三·一」를 응용하기로 합니다.

　　빛사람들은 「빛 三·一」를 응용하기 위하여 「빛 三·一」를 새로이 정리합니다. 빛魂은 파장으로 존재합니다.

"빛魂인 파장이 엄마의 자궁에 수태되면 알로 변환한다. 알이 세포, 살로 분열하여 다시 한 알에 모이는 분열과 통합 운동을 반복한다. 분열과 통합이 완성되면 하나의 몸으로 이 세상, 땅에 태어난다."

이렇게 정리한 빛사람들은 이것을 다시 형상화하기 시작합니다.

빛魂은 하나의 싸이클 안에서 파장운동을 합니다. 이것을 그림으로 봅니다.

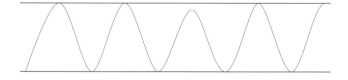

이 파장운동은 때로 높낮이의 변화를 하는데 사이클 밑으로 내려오기보다 사이클 밖으로 올라가는 상승운동을 하기가 쉽습니다. 이것을 그림으로 봅니다.

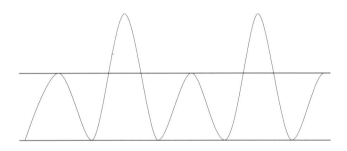

빛魂의 파장운동을 알맞게 표현할 수 있는 상징 형상을 만들어 냅니다.

파장운동이 사이클의 밖으로 튀어나간 양끝을 절단하여 봅니다. 그림으로 보면 이렇습니다.

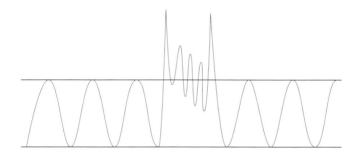

절단한 파장운동의 형상을 그림으로 보면 이런 형상이 됩니다.

이렇게 하여 빛魄을 형상화하는 작업을 마치고 다음은 빛魄의 알, 엄마의 자궁에 수태된 순간의 「빛알」을 형상화합니다. 파장

으로 존재하는 빛魂이 잉태된 순간 초록+파랑+빨강빛의 삼원빛 원圓으로 변환합니다. 이것은 이 세상의 모든 생명체의 공통현상입니다. 에너지의 응집과 존재의 현상을 최소의 힘으로 가장 효율성을 높이는 형태가 원圓이기 때문입니다. 빛사람들은 「빛魂의 알」의 형상을 원으로 합니다. 원안에 생명체인 초록+파랑+빨강빛이 가득 찼으니 원의 형상은 가득 찬 모습으로 나타냅니다. 이것을 그림으로 봅니다.

빛(魂)의 파장   수태된 빛(魂)의 알   형상화된 빛알

다음은 「빛살」의 형상을 만듭니다. 「빛알」이 세포 분열, 즉 빛살로 분열을 할 때, 삼원빛 가운데 초록이 노랑빛살로 변화하여 노랑빛살+파랑빛살+빨강빛살이 각기 세 개씩으로 분열하여 다시 모입니다. 이것을 그림으로 봅니다.

빛알   빛살   빛살의 분열

빛살은 분열할 때마다 세 개씩 분열하게 됩니다. 이때 빛살의 모양은 세모꼴이 됩니다. 이것을 그림으로 봅니다.

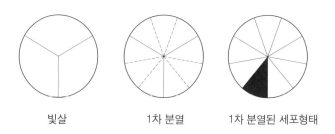

빛살   1차 분열   1차 분열된 세포형태

빛사람들은 「빛살」의 형상을 세모꼴로 정합니다. 다음은 엄마의 자궁에서 태어난 아기의 몸을 형상화할 차례입니다. 태어난 아기의 몸 안에는 빛魂의 파장, 빛알, 빛살이 함께 들어 있습니다. 빛魂과 빛알은 파장으로 존재하기 때문에 어떤 형태로도 잘 있을 수 있지만 빛살은 형상이 있는 물질이기 때문에 가장 효율적으로 저장되어 있어야 합니다. 말하자면 빛살을 담을 그릇은 빛살을 가장 효율적으로 수용할 수 있는 형태여야 합니다. 빛살은 세모꼴입니다. 약 60조 개의 세모꼴을 효율적으로 담아낼 수 있는 형태는 네모꼴이어야 합니다. 이것을 그림으로 봅니다.

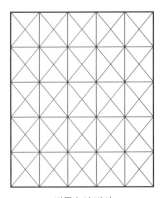

빛몸속의 빛살

빛사람들은 빛魂과 빛알, 빛살, 빛몸을 나타낼 수 있는 형상물을 정했습니다. 이것을 다시 한 번 정리해 봅니다.

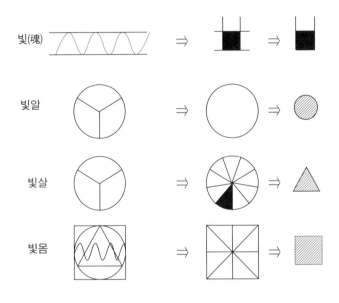

이렇게 하여 빛사람들은 인류 최초의 말과 글을 함께 만들었습니다. 빛사람들은 지금 막 만들어 낸 네 개의 말과 글이 인류의 말과 글과 학문의 모태母胎가 될 줄 모릅니다. 그냥 느낌이 맑은 사람으로서 느낌이 탁하고 거친 사람들을 보기가 안스러워 말과 글을 만들었습니다.

빛사람은 생각합니다. 느낌이 탁하고 거칠어져 빛魂의 구성과 운동, 변화를 잊는다는 것은 자기의 출발점인 고향을 잊는 것과 같습니다. 고향을 잊거나 잃은 사람은 줄이 끊어진 연처럼 외롭게 방황하거나 난폭하게 자기의 몸을 내동댕이칩니다. 사람이 사는 세상에 이런 사람이 많아진다는 것은 사람 세상의 온전함을 해치는 일입니다.

빛魂은 사람의 첫 출발이며 원료입니다. 사람들에게 빛魂을 잊지 않게 하기 위하여 빛(▮), 빛알(●), 빛살(▲), 빛몸(■)을 형상화하여 말과 글로 만들었습니다. 말하고 글을 쓸 때마다 자신이 만들어진 과정을 생각하라는 것입니다.

"나는 하늘에 몸 없이 파장으로만 존재하던 「빛(▮)」이었는데 엄마의 자궁에 수태되어 빛알(●)이 되고, 다시 빛살(▲)로 변화하여 열달 만에 이 세상에 빛몸(■)으로 태어났으니 기적이며 수지 맞는 일이다."

이 생각을 잊지 않는 것이 사람이 사람답게 사는 기본이며, 이 세상에서 살아가는 순간 순간이 늘 행복감을 느낄 수 있는 기본이며 정체성입니다. 이 세상에서 제일 무서운 사람이 잃을 것이 없다고 생각하여 '막' 사는 사람입니다. 빛사람들은 이런 사람들을 위하여 빛魄이 이 세상에 태어나는 과정을 입체영화로 촬영하듯이 말과 글로 만들었습니다. 이 네 개의 말과 글이 인류 최초의 1세대의 말과 글입니다.

2.
1세대의 말_들

사람의 원료를 본래는 「빛」이라 했습니다

■

　　　　　　　　이것을 설명하려면 형태와 명칭으로
나누어 해야 간결해집니다. 먼저 명칭입니다.

　「■」을 지금은 「비읍」이라고 부릅니다. 「비읍」이라는 명칭
은 오랜 세월 동안 본래의 뜻이 바래기는 했지만 아직도 희미하
게 남아 있습니다. 지금부터 본래의 뜻을 찾아봅니다.

　「비읍」이라는 명칭은 줄어든 말입니다. 「비읍」을 정확하게
표현하면 「비·읍」이라고 표기해야 옳습니다. 이 명칭의 본래
의 말은 「빛이 움트다」였습니다 그렇게 사용하다 보니 나중엔
「비시 움트다」로 바뀝니다. 「비시 움트다」라고 하는 긴 말 가운
데 「비」와 「움」을 따로 떼어 내 「비·움」으로 쓰다가 「비읍」으
로 정착된 것입니다. 빛이란 혼魂이니 「■」은 혼이 움튼 상태를
나타낸 것입니다. 이 말의 변화를 간략하게 다시 정리해 봅니

다.

「빛이 움트다」

「비시 움트다」

「「비」시 「움」트다」

「비움」

「비읍」

「ㅂ」

지금 우리는 사람의 원료를 혼魂이라 부르고 있지만 본래는 「빛」이라 했습니다. 나중에 말言의 본뜻을 잊은 후에 생겨난 말이 「혼魂」이라는 말입니다. 「빛」이라고 하는 말은 「혼」·생명체·생명력의 의미를 함께 가지고 있습니다. 「비읍」은 「빛이 움트다」의 준말 「빛, 움」입니다.

다음은 「ㅂ」의 형태입니다. 「ㅂ」의 형태를 보면 날 일日처럼 완벽하게 마무리가 되어 있지 않은 미완성의 모습입니다. 이것은 가변성을 뜻합니다. 「ㅂ」의 모체가 파장이라 했습니다. 빛魂의 파장은 생각입니다. 생각이 거칠고, 급하게 변화하면 파장의 폭은 올라가고, 생각이 잔잔해지면 파장의 폭도 잔잔하게 내려옵니다. 생각이 인격人格, 인품人品입니다. 천박한 생각일 때 파장은 올라가고, 점잖은 생각일 때 파장은 내려옵니다. 파장운동의 폭을 내 자유의지로 조율할 수 있다는 뜻이 「■」의 형태가 갖고 있는 비밀입니다.

눈을 감고 「■」을 생각해 보십시오. 이것이 문자가 아니라 정말로 나의 몸속에서 노니는 파장이라 생각해 보십시오. 분노하면 파장이 올라갑니다. 이것을 그림으로 봅니다.

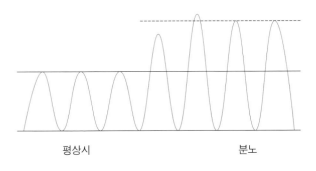

평상시   분노

이 변화를 「■」으로 형상화시켜 봅니다.

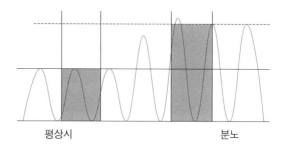

평상시   분노

이 그림들처럼 「■」의 모습은 사람의 인품에 따라 여러 높낮이의 「■」이 있을 수 있습니다. 「■」으로 그 사람의 혼魂의 운동 상태→파장→생각→인품을 나타낼 수 있습니다.

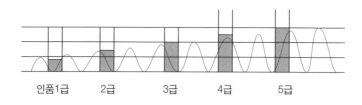

인품1급   2급   3급   4급   5급

「■」의 말과 글자는 빛魂이 움터 나는 모습이며 인품과 인격의 높낮이를 조율하는 상하上下의 무한대 변화를 의미하는 것입니다. 한번 더 강조하면, 「■」은 「빛이 움트다」의 준말입니다.

「●」의 명칭이 「이응」입니다. 말ㄹ의 모체가 빛쪠입니다. 빛이 육체화하는 과정은 물리적·화학적 변화입니다. 물리적이고 화학적인 체계는 일관되고 빈틈이 없습니다. 말ㄹ도 체계적이고 빈틈이 없으며, 물리적이며 화학적인 일관된 변화와 흐름을 갖고 있습니다. 「■」의 명칭이 「비읍」이면 「●」의 명칭도 「이읍」이라야 옳습니다.

「이응」이라는 명칭은 「비읍」의 명칭보다 더 원형에서 멀어졌습니다. 「이응」의 본래말은 「빛을 이어 움트다」란 말이 줄어든 것입니다. 줄어든 말이지만 알맹이는 빠지고 군더더기만 남았습니다. 「빛을 이어 움트다」란 말은 「빛이 빛알로 움트다」란 말이니 「빛알이 움트다」와 같은 뜻입니다. 「이응」이라는 말은 「빛이 움트다」와 「빛알이 움트다」란 말에서 빛알이라는 주제는 잃어버리고 「잇」이라는 부속물이 주제가 되어 버렸습니다. 「이

응」의 본래말은 「알·움」이 맞습니다. 이 복잡한 말을 요약해
봅니다.

「빛이 빛알로 움트다.」

「빛알 「이」 「움」트다.」

「잇·움」

「이웁」

「이웅」

「●」

「이웅」이라는 현재의 명칭은 오랜 시간을 흘러오면서 이렇
게 처음의 모습을 찾아볼 수 없을 만큼 형체가 변질되었습니다.
「이웅」의 본래말은 「빛을 이어 빛알로 움트다」와 「빛알이 움트
다」의 준말인 「빛·알·움」 또는 「알·움」이 옳습니다.

▲

　　　　　　　　「△」은 「시옷」은 아니지만
이 안에 「ㅅ」이 있으므로 「시옷」의 명칭으로 설명합니다. 「시·
옷」이라는 명칭은 「빛魂이 살로 움트다」란 말이 줄어서 변형된
말입니다. 「살」의 어원語源이 「삿」입니다. 좀 간결하게 얘기하
면, 「삿이 움트다」란 말이 「사시 움트다」가 되었다가 「시」와
「움」이 합쳐지 「시·옷」으로 변화한 것입니다. 이 명칭도 「이
웅」처럼 알맹이는 빠지고 곁가지만 남았습니다. 본래 이 명칭은
「살·움」이 맞습니다. 이것을 간략하게 정리해 봅니다.

　「빛魂이 삿이 되어 움트다」

　「삿이 움트다」

　「사 「시」 「움」 트다」

　「시·움」

「시·옷」

「▲」

　　말ᄅ이 많이 변화한다고 해도 너무 많이 변화했기 때문에 첫
말, 진짜의 말들은 형체가 사라졌습니다.

「■」의 명칭도 본래는「빛魂의 몸이 움트다」란 말이「몸이 움트다」가 되고 다시「모미 움트다」로 변화 되었다가「미·움」으로 줄어들고, 다시 한 번「미음」으로 바뀐 것입니다. 본래의 뜻은「몸·움」이 맞습니다. 이것을 정리해 봅니다.

「빛魂의 몸이 움트다」

「몸이 움트다」

「모「미」「움」트다」

「미·움」

「미음」

「■」

빛사람들이 인류사상 처음으로 만든 1세대의 말과 글자의 뜻을 알아보았습니다. 사람들은 말ᆯ은 모두 수평의 관계라고 생각하지만 수평과 수직의 관계가 조화를 이루어 말ᆯ의 기능을 완벽하게 이루어 냅니다. 처음으로 만들어진 「▉」, 「●」, 「▲」, 「■」은 수평의 관계가 아니라 수직의 관계입니다. 이것을 간략하게 수직의 관계로 정리를 해 봅니다.

① ▉ 허공에서 육체 없이 파장으로 존재하던 빛(▉)이

② ● 엄마의 자궁에 생명체의 알(●)로 잉태하여

③ ▲ 열 달 동안 약 60조개의 살(▲)로 변화하여

④ ■ 이 땅에 몸(■)으로 태어나게 되었다.

빛사람들이 만든 네 개의 단어는 단순하고 숫자가 적지만 하늘에 있던 혼魄「▉」이, 엄마의 자궁에 잉태하여「●」, 열 달 동안 세포로 분화하여「▲」, 이 땅에 육체로「■」태어나는 수직의 변화를 모자람이 없이 표현해 내고 있습니다. 이것을 더 단순화한 수직 관계로 정리해 봅니다.

① ◨ 하늘(天), 빛魂, 할아버지

② ● 엄마(中), 알(卵), 아버지

③ ▲ 자궁(中), 살肉, 아들

④ ■ 땅(地), 몸(肉體) 손자

네 개의 말은 이렇듯 변화의 순서가 명확하며 그것은 수직으로 변화 계통이 정립되어 있습니다. 최초의 말을 잘 이해하고 앞으로 변화하는 말과 글을 잘 이해하려면 이렇게 인식을 하여야 합니다.

1. ◨의 말과 글은 생명체의 빛魂이다. ◨의 말과 글을 보는 순간, 바로 생명체의 빛魂이구나 하고 연결이 되어야 한다.

2. ●의 말과 글은 생명체의 알卵이다. ●의 말과 글을 보면 바 로 생명체의 알卵로 연결이 되어야 한다.

3. ▲의 말과 글은 생명체의 세포를 의미하는 것이니 △의 말과 글을 보면 바로 생명체의 세포와 연결이 되어야 한다.

4. ■의 말과 글은 생명체의 몸이니 ■의 모든 말과 글을 보는 순간 생명체의 육체로 연결이 되어야 한다.

이렇게 인식이 되었다면 이제부터 설명하려는 2세대의 말과
글의 이야기가 훨씬 재미있을 것입니다.

3.
2세대의 말

빛사람이 말사람이 되었습니다

(ㅂ)

　　　　　　　　　　　　　세월이 또 흘렀습니다. 말과
글이 없어도 맑은 느낌만으로 소통하던 시대에서 4개의 말과 글
로 소통하던 시대도 지났습니다. 이제 사람들은 빛사람이 아니
라 말하지 않으면 의사가 통하지 않는 말사람이 되었습니다. 빛
사람은 찾기 힘들 만큼 적어졌습니다.

　느낌 시대에 느낌만으로 통하던 사람과 느낌만으로 통하지
않던 사람의 비율만큼 4개의 말로 통하는 사람과 통하지 않은
사람이 비율이 비슷해졌습니다. 그림으로 봅니다.

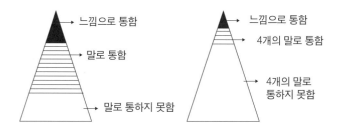

4개의 말로 통하지 못하니 말이 세분화하기 시작합니다. 세분화가 되는 것은 보편적 법칙이기도 하지만 느낌이 탁해진다는 증거이기도 합니다. 느낌이 맑은 사람들끼리는 말을 함축해서 내놓아도 통합니다.

"가자"

"응"

이렇게 말한 두 사람은 지금 식당으로 밥 먹으러 가고 있습니다. 복잡하게 얘기하지 않아도 압니다. 느낌이 예민한 사람은 분석하고 또 분석하니 말이 복잡하게 많아지고, 느낌이 섬세한 사람은 통합하고 생략을 하니 말이 단순하고 간단해집니다. 말 없이 의사 소통을 하던 맑은 느낌의 빛사람들 시대는 지나가고, 4개의 말로 의사를 충분히 소통하던 1차 말의 시대도 지나가고, 이제 복잡하게 말이 분열하는 2차 말의 시대가 시작되고 있습니다. 말이 분열하고 복잡해졌다는 것은 사람의 생각이 복잡해졌다는 것이며, 이것은 사람의 생활이 복잡해졌다는 증거입니다. 먼저「ㅂ」의 분열을 봅니다.

「ㅂ」에서 「ㅍ」이 생겨납니다. 명칭도 연한 소리에서 센 소리로 바뀌었을 뿐 하나입니다. 「비읍」과 「피읖」은 하나의 말입니다. 「피읖」이란 명칭을 연한 소리로 말하면 「비읍」이 됩니다. 「ㅍ」도 「빛이 움트다」란 뜻입니다.

「ㅂ」이 빛魂의 운동인 파장의 높낮이를 나타낸 수직 현상이라면 「ㅍ」은 혼의 파장운동의 넓이, 간격, 수평 현상을 나타낸 것입니다. 이것을 그림으로 봅니다.

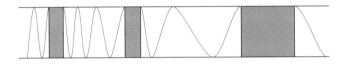

이 그림을 하나씩 떼어낸 상태로 다시 봅니다.

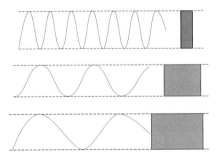

「ㅍ」은 혼魂의 파장운동의 폭이 짧게 이어지면 「ㅍ」의 수직선 두 개의 폭이 좁아지고, 혼의 파장운동 폭이 넓어지면 「ㅍ」의 수직선 두 개의 간격도 넓어집니다.

「ㅂ」은 생명체의 몸이 줄어들고 자라남을 나타내고 정신적으로 품격의 높낮이의 변화를 나타낸 것이며, 「ㅍ」은 생명체의 몸의 굵기와 가늘기, 그리고 정신적으로는 포용과 편협의 공간차이를 나타낸 것입니다.

빛깔을 세분화하여 표현하는 능력이 뛰어난 옛 사람들이 「산도 푸르고」, 「하늘도 푸르고」, 「바다도 푸르다」라고 말합니다. 여기에서 「푸르다」란 말의 뜻은 빛깔이 아니고 생명체를 뜻합니다. 아기를 낳는 것을 「해산하다」 「몸을 풀다」라고 표현합니다. 「푸르다」란 말은 아기를 낳는 상태를 표현한 「풀다」란 뜻입니다. 풀다란 뜻으로 재구성하여 보면 이렇게 됩니다.

"산에도 생명체들이 풀려(탄생) 노닐고…"

"하늘에도 생명체들이 풀려(탄생) 노닐고…"

"바다에도 생명체들이 풀려(탄생)노닐고 있네."

「ㅍ」의 뜻은 정신적·육체적·공간적으로 농축되거나 억압된 상태에서 넓게, 넓은 곳으로 풀어져 나왔다는 것입니다.

"식민 시대의 억압에서 풀려나다."
"형무소에서 풀려나다."
"고민에서 풀려나다."

「ㅂ」과 「ㅍ」은 빛魂의 수직과 수평운동을 나타낸 것이며 「ㅂ」에서 파생된 말과 글이 「ㅍ」입니다. 이것을 그림으로 봅니다.

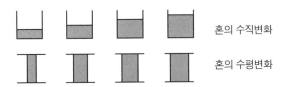

혼의 수직변화

혼의 수평변화

이와 같이 말과 글은 생명체의 변화를 나타낸 것이며 「ㅂ」과 「ㅍ」은 생명체의 원료이며 시원始源인 빛魂과 빛의 변화를 나타낸 것입니다.

「●」을 「아래 아」라고 하는
데 「빛의 알」이라는 뜻입니다. 「●」에서도 분열이 일어납니다.
첫 번째로 분열된 것이 「ㅇ̇」입니다. 이것은 혼(魂)이 엄마의 자궁
에 잉태한 순간의 모습, 「●」에서 세포 분열을 시작하여 생명체
의 모습으로 만들어져 가고 있는 진행 과정의 첫 번째 상태를 표
현한 것입니다. 두 번째가 「ㆆ」입니다. 이것은 엄마 자궁에서 탄
생한 상태를 나타냅니다. 「ㅇ」은 아기로 탄생한 생명체가 성숙
하게 성장된 것을 나타냅니다. 이 과정을 사람이 아닌 닭의 부
화 과정으로 설명해 봅니다.

「●」= 빛(魂)이 엄마의 자궁에 잉태한 상태.

닭으로 말하면 암탉이 막 알(卵)을 낳은 상태입니다.

그림으로 계란을 봅니다.

「ㅇ」= 엄마의 자궁에 잉태한 빛알이 세포의 분열, 통합이 끝나고 막 태어나는 순간, 계란 속에 있던 병아리가 알의 껍질을 조금 깨고 세상 밖으로 막 부화하고 있는 상태.

「ㆆ」= 엄마의 자궁에서 태어나 아기의 상태로 이 세상에서 노닐고 있는 상태. 병아리가 알에서 완전히 부화하여 마당에서 놀고 있는 모습.

「ㅇ」= 이 세상에 태어난 아기가 소년, 청년으로 성숙하게 자라난 모습. 부화한 병아리가 완전히 자라나 장닭이 된 모습.

「●」에서 「ㆁ」 → 「ㆆ」 → 「ㅇ」 순으로 말이 분화한 것은 알 → 부화 중 → 탄생 → 성장의 과정을 나타낸 것입니다. 이 과정을 그림과 함께 다시 한번 정리해 봅니다.

1. 「●」 생명체알, 잉태

2. 「ㆁ」 부화 중, 탄생 순간

3. 「ㆆ」 완전 부화

4. 「ㅇ」 완전 성장

「ㅂ」, 빛魂은 파장으로 존재
하는 비물질이며, 「●」, 빛알은 이제 막 엄마의 자궁에 잉태한
빛魂으로 비물질과 물질의 중간 상태, 비非물질도 아니며 물질도
아닙니다. 그러나 빛알이 세포 분열을 시작해 만들어진 「▲」, 빛
살은 물질입니다.

비물질은 형상이 없지만 물질은 입체적이며 사실적입니다.
비물질에서 물질로 변화되어 처음 나타난 현상을 탄생 또는 「솟
았다」라고 표현합니다. 「▲」은 솟아남의 의미인 탄생과 소멸을
함께 갖고 있습니다. 「▲」에서 솟아남의 의미인 「ㅅ」과 소멸, 사
라짐의 의미인 「ㅈ」이 분화되어 나옵니다. 눈을 감고 상상의 나
래를 펴 보십시오. 지금 상상력이 필요한 때입니다.

「▲」의 삼각형 밑변이 무한대라고 상상해 보십시오. 삼각형
의 밑변이 지평선이나 수평선입니다. 그 지평선, 수평선 위에

아직까지 없던 물체가 솟아났습니다. 이것을 그림으로 봅니다.

　빛체[빛체]과 빛알이 수평선과 지평선이라면, 지평선 위의 「ᄉ」은 지금 막 빛살로 변화하여 솟아난 입체입니다. 이것을 그림으로 봅니다.

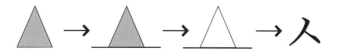

　이렇게 하여 만들어진 것이 「시옷(ᄉ)」입니다. 다음은 「ᄌ」입니다. 지평선과 수평선 위에 솟아 있던 입체(ᄉ)가 사라졌습니다.

지평선이나 수평선 위에 솟아 있던 물체가 사라진 곳은 지평선이나 수평선 밑이라고 생각을 해 보시면「ㅈ」의 모습이 낯설지 않을 것입니다.「ㅈ」의 위의 가로선을 지평선, 수평선으로 보면 지평선「ㅡ」위에「△」로 있던 입체의 물체가 지평선「ㅡ」아래로 사라진 모습을 볼 수 있을 것입니다. 이것을 그림으로 보겠습니다.

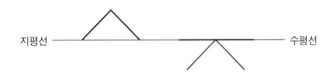

「ㅅ」은 솟아남,「ㅈ」은 사라짐입니다. 그래서「ㅅ」의 말들은「서다」「솟다」「세다」로 쓰여집니다.「세다」란 말은「섯·잇」이 합쳐진 말이니「서서 오래 이어 있다」는 말입니다. 그리고「ㅈ」의 말들은「졸아들다」「줄어들다」「젖어들다」「잦아들다」「죽다」처럼 모습이 작아지거나 사라지는 것을 나타냅니다. 말들은 생명체의 변화를 입체영화처럼 촬영해 놓은 것입니다.

「ㅂ」은 혼魂입니다. 존재하
지만 파장의 상태이기 때문에 보이지 않습니다. 「●」은 엄마의
자궁에 금방 잉태한 물질과 비물질의 중간 단계이기 때문에 보
이지 않습니다. 「▲」은 세포 분화를 시작한 살이기 때문에 물질
이긴 하지만, 엄마의 자궁 안에 있기 때문에 육안肉眼으로는 볼
수 없습니다. 「▲」이 세포 분화가 완성되어 탄생된 것이 「■」이
니 눈에 보입니다.

혼魂이 육체가 되는 과정은 눈에 보이지 않습니다. 육체로 탄
생한 몸만 눈에 보입니다. 혼과 자궁 속의 아기는 공간이 특별
히 필요하지 않습니다. 그러나 이 세상에 탄생한 혼의 몸은 독
립된 하나의 존재이기 때문에 몸이 놓여 있어야 할 공간이 필요
합니다. 「■」의 말에서 파생된 말들은 시간과 공간 이동, 공간에
놓여져 있는 상태를 나타냅니다. 「■」에서 파생된 첫 번째의 말

「ㄱ」을 봅니다.

「ㄱ」은 몸을 감싸고 있는 포장용지입니다. 살은 연하여 다치기 쉽습니다. 살로 이루어진 몸을 보호해 주는 「겉」이니 보호막, 포장용지, 껍데기입니다. 그것을 나타내는 말이 「살·갗」입니다. 살의 겉, 살의 껍데기라는 말입니다.

「■」은 몸입니다. 빛이 없는 어둠 속에서는 몸이 보이지 않습니다. 몸 안에는 빛魂이 가득합니다. 몸이 열리면 빛이 나와서 몸을 볼 수 있습니다. 이 말은 빛魂은 생명력이란 뜻입니다. 생명력은 운동입니다. 움직임이 있는 몸은 쉽게 볼 수 있습니다. 숨어 있는 몸은 볼 수 없습니다. 「ㄱ」은 숨어 있던 몸이 스스로의 몸을 열어서, 움직여서 이제 막 보일 수 있도록 나타나는 현상을 담고 있습니다. 「갓 태어난 아기」의 준말이 「갓난 아기」이며 이제 금방 태어났다는 뜻입니다. 「갓」이라는 야채는 올해 맨 처음으로 나타난 야채라는 뜻입니다. 「ㄱ」은 「■」의 겉이며, 몸이 열려 눈에 막 보인다는 두 가지의 뜻을 담고 있습니다. 그림으로 봅니다.

| 몸이 닫혀있음 | 몸이 열림 | 기역 |

　「ㄱ」의 원래 명칭은 「빛이 깃들어 몸으로 움텄다」 ⇒ 깃들어 움트다⇒「깃·움」이 되었다가 「기역」으로 변질된 것입니다. 「ㄱ」의 말들은 빛魂이 깃들어 몸으로 움터 나 우리의 눈으로 볼 수 있는 모든 생명체의 모습을 가리킵니다. 빛魂으로 있는 동안은 우리의 눈에 보이지 않지만 빛魂이 깃들어(변화하여) 몸으로 태어나야 눈으로 볼 수 있습니다. 우리의 눈으로 볼 수 있는 모든 생명체들의 몸은 혼魂이 깃들어 변환되어 나타난 것입니다.

　「■」에서 「ㄴ」이 나옵니다. 「ㄴ」은 「■」이 땅의 공간에 놓인 상태를 나타냅니다. 「ㄴ」의 말들은 「놓여 있다」, 「넣다」, 「낳다」처럼 몸이 수평 공간 이동을 하고 있는 모습입니다. 「ㄴ」은 「■」의 안정된 상태로 공간에 앉아 있는 모습입니다. 그림으로 봅니다.

　「ㄴ」의 명칭은 「몸이 이어 움트다」⇒「이어 움트다」⇒
「잇·움」⇒「이·은」⇒「니은」으로 바뀌었습니다. 「ㄴ」은 몸
이 놓여져 있다가 안방에서 건넌방, 건넌방에서 서재로 공간 이
동을 하는 상태를 나타냅니다.

　「■」에서 「ㄷ」이 나옵니다. 「ㄷ」은 몸이 빈 상태를 나타냅니
다. 「담다」란 바구니에 무엇을 넣는 것을 말합니다. 빈 바구니
에만 무엇을 담을 수 있습니다. 「듣다」란 외부의 소리를 몸속에
담는 것을 말합니다. 「들으려면」 내 마음이 비어 있어야 합니
다. 「ㄷ」은 비어 있는 몸을 나타낸 것입니다. 그림으로 봅니다.

마지막으로 「■」에서 「ㄹ」이 나옵니다. 「ㄹ」은 「ㄱ」과 「ㄷ」의 합성으로 만들어졌습니다. 「ㄱ」은 이제 막 눈에 보이는 생명체 몸의 겉입니다. 「ㄷ」은 빈 몸입니다. 「ㄷ」의 빈 몸 속에 미래에 나타날 「ㄱ」이 들어가 있는 모습입니다. 말로 설명하기 어려우니 그림으로 봅니다.

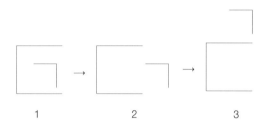

「ㄹ」의 올바른 의미는 그림의 1번이 맞습니다. 그러나 1번의 모습은 3번의 모습보다 미학美學의 관점에서 좀 떨어집니다. 그래서 3번으로 만들게 됩니다.

「ㄹ」은 「ㄷ」 속에 있는 「ㄱ」이 언젠가 눈으로 볼 수 있도록 나타날 것을 의미하기 때문에 「ㄹ」의 받침이 있는 말들은 모두 미래어입니다. 「올」, 「할」, 「갈」 「울」, 등의 말들은 앞으로 올 것이며, 할 것이며, 갈 것이며, 울 것이라는 미래에 일어나거나 나타날 것을 말합니다.

「ㄹ」의 명칭은 「빛魂이 몸으로 이어 움틀」⇒「몸으로 이어 움틀」⇒「이어 움틀」⇒「잇·울」⇒「리을」로 변질되었습니다. 「리·니·이」는 모두 「잇」는다는 것으로 같은 뜻이니 「리을」은 「이을」과도 같습니다. 글자의 명칭 가운데 「ㄹ」만 미래어입니다. 「리을」은 「다음에 「이」어 「움」틀 것이다」란 긴말을 줄인 말입니다. 그리고 모든 글자의 명칭에 공통점이 하나 있으니 그것은 「움트다」의 「움」입니다.

「움」이 변화하여 「읍·응·옷·웃·은·을」로 바뀌었습니다. 이렇게 하여 2세대의 새로 태어난 말과 글자를 보았습니다.

1세대의 4개의 말과 글이 10개의 말과 글로 분화되어서 모두 14개의 말이 되었습니다. 아무리 말과 글이 분화하고 분열하여 숫자가 많아져도 근본은 1세대의 4개의 말과 글입니다. 4개의 말과 글의 뜻을 잇거나 잃지 않는다면 말과 글의 생명은 영원할 것입니다. 「빛 三·一」에서 비롯된 말과 글의 시원始原을 이제부터 조금씩 잃어가기 시작합니다. 복잡해지면 미로가 생기는 법입니다.

1세대의 말은 수직 관계의 말이었는데 2세대의 말이 생기면서 수평 관계의 말이 생겼습니다. 수평과 수직의 균형이 맞아가고 있습니다. 말의 원료가 혼魂이며, 생명체입니다. 생명체는 살아 있는 동안 끊임없이 변화합니다. 말도 살아 있는 생명체입니다. 변화를 계속합니다. 이것을 간략하게 정리하여 봅니다.

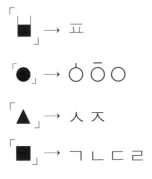

4.
3세대의 말

말의 분화는 계속됩니다

ㅂ

「ㅂ」에서 「ㅍ」이 생겨났고, 다음에 「ㅃ」이 생겨납니다. 「ㅃ」은 「ㅂ」의 발음이 된소리로 변화한 것입니다. 이것은 사람의 마음이 질겨졌다는 증거입니다. 마음이 질겨졌다는 것은 느릿하던 것이 성급해졌다는 뜻이기도 합니다.

급할 때 「빨리, 빨리」라고 합니다. 「빨리」란 말은 「발리, 발리」를 합쳐놓은 말이며 「발리, 발리」를 합쳐 놓은 또 다른 말이 「발, 발이」란 말입니다. 발발이라고 하면 어떤 현상이 떠오르는지 생각해 보면 아실 것입니다. 사람들에게 "당신은 발발이십니다"라고 하면 모두들 싫어할 것입니다. 그러나 할 수 없습니다. 「발리」란 말 대신 「빨리」란 말을 사용하기 시작한 그때부터 사람들은 「발발이」가 되고 말았습니다. 지금도 「발발이」가 아닌, 마음이 연하고 젊잖은 사람들은 「빨리 해」라고 말할 상황이 되면 「좀 서두르시오」라고 합니다. 「빨리, 빨리」란 말은 사용하지 않습니다. 「ㅃ」이 나타난 그 시점이 사람들의 마음, 느낌이 날카롭고 급해져 1등급 품격에서 3등급으로 전락한 시점이라 보면 됩니다.

「●」에서 ㆁ, ㆆ, ㅇ이 나왔습
니다. 그 다음에 ㅗ, ㅜ, ㅓ, ㅏ의 말과 글이 생겨납니다. 「ㅗ, ㅜ,
ㅓ, ㅏ」는 새로운 쓰임의 말이 아니라 「●, ㆁ, ㆆ, ㅇ」의 대체어
와 글입니다.

「●」가 「ㅗ」로 되었으며, 「ㆁ=ㅜ」, 「ㆆ=ㅓ」, 「ㅇ=ㅏ」로 되었
습니다. 「●, ㆁ, ㆆ, ㅇ」과 「ㅗ, ㅜ, ㅓ, ㅏ」는 같은 말이며 같은 글
이며 같은 뜻입니다. 변한 것이 있다면 「●, ㆁ, ㆆ, ㅇ」이 생명체
의 형상에 가깝다면 「ㅗ, ㅜ, ㅓ, ㅏ」는 생명체의 형상에서 멀어
진 모습입니다. 앞에서 설명했지만 「●」은 생명체의 알卵을 나
타냅니다. 알의 형상이라는 것을 쉽게 알 수 있습니다. 그러나
「ㅗ」는 알을 형상화하기가 쉽지 않습니다. 군이 형상화한다면
생명체의 알이 아니라 씨앗에서 발아한 새싹을 생각하는 것이
쉽습니다. 이 변화는 눈에 보이지 않는 것을 형상화 한다면 생

명체의 알(●)이라면 눈에 잘 보이는 것을 대상으로 삼은 것이 「ㅗ」라는 것입니다. 이것은 사람들이 존재하지만 보이지 않는 것을 믿지 못하거나 느끼지 못하게 되고 육체의 눈으로 보고 손으로 만질 수 있는 것만 존재하는 것으로 믿게 되었다는 증거입니다. 마음과 느낌만 나쁘게 변화한 것이 아니라 눈뜬 장님, 청맹과니가 되었다는 뜻입니다. 「●, ㆁ, ㆆ, ㅇ」과 「ㅗ, ㅜ, ㅓ, ㅏ」의 관계를 그림으로 비교하여 보겠습니다.

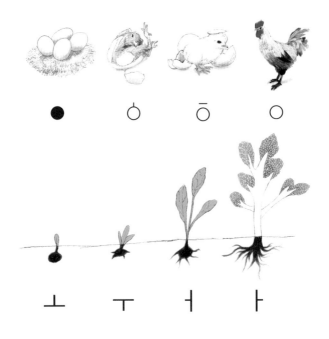

앞의 그림을 다시 한 번 설명을 합니다. 「●」은 생명체의 알이 속에 들어 있는 상태며, 「ㅗ」는 씨앗이 땅속에 있으면서 새싹한 잎이 밖으로 솟아 있는 것이며, 「ㆁ」은 부화의 시작으로 알속에 있던 생명체가 목을 세상 밖으로 내민 상태며, 「ㅜ」는 새싹한 잎이 세 잎, 네 잎으로 한 단계 더 성장한 모습이며, 「ㆆ」는 알에서 완전 껍질을 깨고 부화하여 밖으로 태어났지만 아직 어린상태며, 「ㅓ」는 새싹이던 나무가 줄기와 가지와 잎을 지니고 키는 다 컸지만 아직 가느다란 어린 나무라는 것을 나타낸 것이며, 「ㅇ」은 병아리가 씨암탉이나 장닭으로 다 컸다는 것이며, 「ㅏ」는 줄기가 가늘던 어린 나무가 재목으로 쓸 만큼 완전히 성장하였다는 것을 나타내는 것입니다.

「●, ㆁ, ㆆ, ㅇ」과 「ㅗ, ㅜ, ㅓ, ㅏ」는 같은 뜻, 같은 용도이기때문에 「●, ㆁ, ㆆ, ㅇ」은 용도폐기가 되고 「ㅗ, ㅜ, ㅓ, ㅏ」만 아직까지 남아서 사용되고 있습니다. 용도폐기된 것 가운데 「ㅇ」만 살아 남아 「ㅏ」의 쓰임 대신 다른 쓰임으로 아직까지 쓰이고있습니다.

말ㄹ의 분화는 여기서 멈추지 않고 진행이 됩니다. 4세대의말이라고 분류해야 할 ㅛ, ㅠ, ㅕ, ㅑ, ㅡ, ㅣ, 의, 위, ㅐ, ㅒ가 태어납니다. 이 말들은 생명체의 변화를 나타내는 말에서 멀어진 말들입니다. 없어도 될 말들인데 사람들의 마음이 급해져 생겼습니다.

「ㅛ」는 「ㅗ+ㅗ」며, 「ㅠ」는 「ㅜ+ㅜ」입니다. 「ㅐ」는 「ㅏ+ㅣ」며 「ㅒ」는 「ㅑ+ㅣ」입니다. 그리고 끝으로 「ㅎ」이 생겨납니다. 이 말 때문에 말의 핵심과 아름다움이 변질되고 왜곡이 됩니다. 「ㅎ」의 문제점은 다음에 설명합니다.

▲

「▲」가 1세대의 말이며 여기에서 2세대의 말로 「ㅅ」과 「ㅈ」이 나왔습니다. 여기에서 3세대의 말로 「ㅆ」과 「ㅊ, ㅉ」이 나옵니다. 3세대의 말이 생기면서 말의 본질이 훼손됩니다.

「싸움」이라고 하면 험악한 장면이 연상이 됩니다. 「싸움」의 본래말이 「사움」이며 이 말은 「살·움」입니다. 살을 움터 내다는 뜻인데 「살」은 몸 속에 있습니다. 볼 수도 없고 알 수도 없습니다. 몸 속에 있는 살을 밖으로 움터 내면 볼 수 있고 알 수 있습니다. 「싸움」은 「살·움」입니다. 여기에서 「살」은 「마음」을 뜻합니다. 싸움이란 몸 속의 마음을 밖으로 드러내 상대의 마음을 보고 내 마음을 보이는 작업입니다. 살·움이 맞습니다.

우리는 「참」사랑, 「참」정치, 「참」교육이라고 하여 「참」이란 말을 많이 씁니다. 「참」은 진리, 진정함이란 뜻으로 알지만 그냥

「잠」입니다. 잠을 잘 때 모든 생명체들의 말과 몸짓이 잔잔합니다. 남들에게 폐를 끼치지 않습니다. 참사랑은 잠자듯이 잔잔하게 사랑하는 것이며, 참교육은 잠자듯이 남들에게 폐를 끼치지 않도록 가르치는 것이며, 참정치는 잠자듯이 자기의 역할을 말 없이, 모습 없이 수행하는 것입니다. 그런데 「ㅅ」이 「ㅆ」으로, 「ㅈ」이 「ㅊ」으로 바뀌니 말의 의미가 이만큼 달라진 것입니다.

한때 「짜장면」을 「자장면」으로 해야 옳다고 해서 요즈음은 많이들 「자장면」이라고 합니다. 훌륭하기는 하지만 모자랍니다. 3세대로 태어난 말들을 모두 사용하지 않았을 때 말이 살아납니다.

1세대의 「■」에서 「ㄱ, ㄴ, ㄷ, ㄹ」의 2세대 말들이 태어나고 다시 3세대의 말로 「ㄲ, ㅋ, ㄸ, ㅌ」이 생겨납니다. 여기에서도 3세대의 말이 태어나면서 말의 본질이 변질됩니다.

"사람과 사람 사이에 「끼」이다"라고 하면 힘든 상황처럼 보입니다. 그런데 「끼」는 「기」가 된소리로 변화되었고, 「기」의 본래의 말이 「깃」입니다. "사람과 사람의 사이에 「깃」들다"라고 하면 편안해 보입니다. 「깃들다」와 「끼이다」의 상황은 같은데 말 때문에 느낌은 달라집니다.

"「키」가 몇 cm냐"라고 했을 때 아무 생각 없이 160cm라고 숫자로만 말합니다. 「키」라는 말도 「깃」이란 말의 변화어입니다. 160cm란 숫자는 시간이 「깃」든 깊이를 나타냅니다.

「끝」이란 말도 「긋」이라는 말의 변화어입니다. 「끝」이란 말은 완전히 막을 내린 현상이 느껴지지만 「긋」다는 1장 1막이 끝난 것을 나타냅니다. 한 획을 그었을 뿐 계속 이어짐을 느끼게 합니다. 운동장에서 400m 계주경기를 합니다. 100m씩 4명이 뜁니다. 첫 번째 주자가 달려와 두 번째 주자에게 바턴을 넘겼습니다. 한 단계를 그었습니다. 경기는 계속 이어집니다. 긋과 끝은 같은 말인데 이렇게 다릅니다.

「뛰다」의 말도 「뒤다」의 말이 된소리로 변화한 것입니다. 바쁘게 「뛰」면 처음엔 앞서가는 듯하지만 언젠가 「뒤」에 있게 됩니다. 말은 이렇듯 변화되어 오면서 본래의 말뜻이 변질되어 왔습니다. 지금까지 설명한 말의 파생, 변화를 정리합니다.

1세대의 말	2세대의 말	3세대의 말	기타
■	▬	ㅂㅂ	
●	○ ○ ○	ㅗ ㅜ ㅓ ㅏ	ㅛ ㅠ ㅕ ㅑ ㅎ ㅐ ㅒ 의 위 ㅡ ㅣ
▲	ㅅ ㅈ	ㅆ ㅉ ㅊ	
■	ㄱ ㄴ ㄷ ㄹ	ㄲ ㅋ ㄸ ㅌ	

말言의 원료는 자연自然이라고 얘기하는 사람들도 있습니다. 그러나 애매모호합니다. 자연의 범위는 넓습니다. 진리眞理는 애매모호하지도 않고 범위가 평면처럼 넓지도 않습니다. 진리는 점點입니다. 말言의 원료는 빛㷠입니다.

빛㷠의 무게가 1g이라고 한다면 진리의 무게, 진리가 시작된 첫 번째의 무게는 1g입니다. 말言은 처음에 「◨, ●, ▲, ■」 이렇게 4개로 시작되었으니 말은 4g의 진리로 시작되었습니다.

말言이 분화를 거듭하여 37개의 말로 변화되었습니다. 1g의 진리의 기준에서 보면 37배로 희석되었으며, 첫 말의 시작으로 보아도 약 9배로 희석되었습니다. 1g의 알콜에 37배의 물, 9배의 물을 섞으면 맹탕의 술이 되고 맙니다.

빛㷠을 원료로 하여 잉태, 탄생, 성장, 희·노·애·락, 그리고 죽음을 그려 낸 말, 생명체의 한평생의 삶을 원순환을 입체 영화로 찍듯이 만들어 낸 말이 분화와 변화를 거듭하여 말=생명체라는 사실이 잊혀졌습니다. 지금은 말이 셈을 계산하는 주판의 주판알처럼 하나의 기호로 전락했습니다. 안타까운 일입니다.

5.
말들의 변질

말은 생명체를 복사한 것입니다

단어 單語

　　　　　　　　　　　　말ﾙ은 한 개가 독립적인 의
미를 갖고 태어났습니다. 단어라고 하면 지금은 「어머니」처럼
낱말 세 개가 합쳐진 것을 말합니다. 「어머니」라고 하는 말은
「어·머·니」로 세 개의 단어가 합쳐진 숙어, 조합어, 줄임말이
지 단어가 아닙니다. 「어·머·니」라는 말은 「어」=빛알을, 「머」
=몸으로, 「니」=잇는다는 뜻을 가진 긴 말의 줄임말입니다.
「한·사·모」라고 하면 「한」국을 「사」랑하는 「모」임의 준말인
것과 같은 것입니다.

　　단어라고 하면 「솥」, 「소(牛)」, 「솔(松)」처럼 홑말로써 완벽하게
대상을 나타내는 말입니다. 한 개 이상으로 만들어진 말을 단어
라고 하는 것은 맞지 않습니다. 1개의 말이 단어입니다.

말의 생략

「몸살 났다」라는 말이 있습니다. 감기 기운과 힘이 없고 열이 있을 때 흔히들 하는 말입니다. 이 말을 모두들 하고는 있지만 말의 뜻은 정확히 모릅니다. 정확히 모르는 것이 당연합니다. 처음의 말에서 너무 많이 생략되었기 때문입니다. 「몸살 났다」란 말의 원형을 살려 보면 이렇게 됩니다.

「빛몸에서 빛살이 빠져 나갔다」

빛몸의 속을 채우고 있는 부피가 빛살입니다. 빛살이란 세포와 함께 생명력을 뜻합니다. 몸속의 세포와 힘이 빠져 나갔으니 쪼그라들고 힘이 없을 수밖에 없습니다. 「빛몸에서 빛살이 빠져 나갔다」라고 하는 조금은 길지만 아름다운 말이 동강동강 잘려

나가고 「몸·살·났·다」로 남았으니 모르는 것이 당연합니다.

　「몸살 났다」는 말은 너무 많이 생략되어서 뜻을 모르게 되었지만 한 개의 말이 생략되어서 뜻이 변한 말이 있습니다. 「바라보다」란 말입니다. 「바라보다」라고 할 때, 「바라」라는 말은 「보다」를 강조해 주는 들러리처럼 보이지만 「바라를 보다」라고 하면 보다의 주인이 됩니다. 「바라」라고 하는 말은 「소원所願」과 같은 말입니다. 우리의 눈으로 보는 것은 소원(바라)했기 때문에 보는 것이며, 소원(바라)하는 것만 볼 수 있다는 말이 「바라를 보다」가 지닌 뜻입니다. 내가 지금 하늘을 본다면 하늘을 보기를 바랐기 때문이며, 상점에 가서 많은 물건들 가운데 사과를 샀다면 사과를 갖기 바랐기 때문에 사과만 보였고 그것을 샀다는 것입니다.

　말들의 변질이 생략되었기 때문에 생겨나기도 하고, 군더더기가 너무 많이 달라붙어서 본래 모양을 알아 볼 수 없도록 변하기도 합니다. 대표적인 것이 「단군왕검檀君王儉」이라는 호칭입니다.

　「단군왕검」의 원래 호칭은 「단檀」이 맞습니다. 「단」은 「박달」이라는 말이 한문어로 바뀌면서 생긴 것입니다. 「박달」의 본래말은 「빛·땅」 또는 「빛·닿」으로 빛의 땅이나 빛이 닿았다는 뜻입니다. 「박달」은 지금의 대통령과 같은 호칭으로 특정한 사람의 이름이 아니라 관칭으로 보통명사입니다.

이미 「박달檀」이 왕王의 호칭인데 「군君」이 붙었습니다. 「군君」은 「잇검」이 변하여 「임금」으로 된 말이 한문어로 바뀌었으니 왕王이라는 뜻입니다. 왕검의 왕도 임금王이니 또 왕이 붙었고 왕검의 「검」도 잇검과 같으니 또 왕王이 붙었습니다. 이것을 정리해 봅니다.

단檀	군君	왕王	검儉
박달	임금	임금	임금
王	王	王	王

「단군왕검」이란 호칭은 2-3천년 동안 변화되어 온 왕王의 호칭을 모두 중복하여 붙여놓은 것입니다. 단, 군, 왕, 검이란 「왕·왕·왕·왕」이라고 부르는 것입니다. 이 호칭이 모든 역사책, 교과서에 버젓이 쓰이고 있다는 것은 무식한 일입니다.

말의 변질

말끝을 생략함으로써 말이 지니고 있는 본래의 뜻을 훼손시켰다면, 말의 변질은 말이 만들어진 원료를 잊게 만들었습니다. 말의 원료를 잊게 되면 말을 처음에 만든 사람들의 마음도 잊게 됩니다. 말을 처음 만든 사람들의 마음이란 생명체를 소중하게 생각하는 마음을 삶의 으뜸으로 삼으라는 것입니다.

말의 변질 가운데 가장 중요하면서 대표적인 것이 「ㅂ」의 말입니다. 「ㅂ」의 말이 「ㅎ」의 말로 바뀌면서 생명체가 빛魂에서 잉태→탄생→성장→죽음→다시 빛으로 잇는 원순환 삶을 표현한 것이 말이란 것을 잊게 되었습니다.

"말은 무엇인가?" 하고 물으면 「생명체」를 바로 연상하는 사람이 한 사람도 없습니다. 모두들 말이라고 하면 기호나 의사소통의 도구로 알고 있습니다. 말은 생명체를 복사한 것입니다.

말이 생명체의 복사판이란 것을 잊게 한 사건이 「ㅂ」의 말이 「ㅎ」으로 바뀐 것입니다.

요즈음 사람들은 「혼魂」에 대하여 부정적입니다. '혼은 정말 있을까? 혼은 없다.' 이렇게 생각하는 사람들이 혼을 일상어로 사용하고 있습니다. 위험한 상황을 넘기거나 어른한테 꾸중을 들었을 때 「혼났다」라고 합니다. 「혼났다」라는 말은 「혼魂이 나갔다」라는 말입니다. 죽었다는 말과 같습니다. 「혼낼 것이다」는 말은 「죽일 것이다」라는 말과 같습니다. 끔찍한 말인데 일상으로 쓰고 있습니다. 살아 있는 것은 혼과 육체가 함께 있는 것이며, 죽었다는 것은 혼이 육체에서 나간 것입니다. 혼과 육체는 하나며 함께 있습니다. 흔하게 일상적으로 「혼났다」, 「혼낸다」라는 말을 쓰면서 정작 「혼魂」의 존재를 느끼지 못하거나 부정하며 삽니다.

사람들이 「혼魂」에 대하여 이렇게 된 것은 말의 변질 때문입니다. 혼魂이라고 하는 말은 한문어가 들어오면서부터입니다. 혼이라고 하기 전에는 「봄」이라고 했습니다. 지금의 말로 하면 「빛」입니다. 빛이 혼이라는 것을 염두에 두고 이 얘기를 들으면 이해하기 쉽습니다.

빛魂이 빛의 알이 되고, 빛의 알이 빛의 살이 되고, 빛의 살들이 모여 빛의 몸으로 태어납니다. 이것이 빛魂이 몸으로 변환하여 현신現身하는 과정입니다. 지금 알, 살, 몸이라는 말은 「빛의 알」, 줄여서 말하면 「빛·알」, 살은 「빛·살」, 몸은 「빛·몸」이라고 말해야 옳습니다. 이렇게 말하면서 살면 빛魂이 혼이라는 것을 잊지 않는 한, 혼과 몸은 하나라는 것, 혼이 몸의 원료라는 것, 혼이 내 몸 안에 있다는 것, 나의 몸, 얼굴, 목소리가 보이지 않는 내 혼의 모습이며 내 혼의 소리라는 것을 교육받지 않아도 평생 잊지 않습니다.

「빛·알」, 「빛·살」, 「빛·몸」이란 말에서 빛이 생략되고 알, 살, 몸으로 쓰이지만 예외로 하나가 남아 있는 말이 「빛·갈」입니다. 빛갈이라는 말은 「혼의 살갗」의 변화어입니다. 보통 「빛갈」이라고 하면 빨강, 파랑처럼 색色을 구별하는 것이라고 생각하지만 빛갈에서 「갈」은 「갗」이어서 피부, 껍데기를 말합니다. 빛갈은 혼의 피부입니다. 그러나 마지막 남은 그 말도 「색깔」이라는 말로 변질되면서 죽어가고 있습니다.

일을 한결같이 한다는 말과 어제보다 오늘이 한결 더 좋아졌다고 할 때의 「한결」이란 말은 「빛의 결」이라는 말이 「혼·결」로 바뀌었다가 한결이라는 말로 변화되어 지금처럼 쓰이고 있습니다. 결은 한문어로 파장입니다. 「빛의 결」은 빛魂의 파장이라는 말이며, 빛의 결이 마음, 느낌입니다. 한결같다=빛결이 늘 같은 운동이다라는 뜻이며, 한결 좋아졌다는 것은 빛결=마음=느낌이 더 좋아졌다는 것이며, 마음과 느낌이 어제보다 오늘이 더 잔잔해졌다는 것입니다.

하나의 민족을 한·민족, 또는 한·겨레라고 합니다. 한·겨레라는 말도 「한결」이라는 말의 변화어입니다. 하나의 민족은 마음·느낌의 결이 하나며, 마음과 느낌의 결이 다르면 같은 민족이 아니란 뜻입니다. 한겨레를 본래의 말로 하면 「빛결에」입니다.

「혼魂」, 「한」이 「빛」이 변질된 말이니 지금 쓰이고 있는 말들을 바꾸어야 합니다. 한·민족은 빛·민족으로, 한글은 빛·글로, 한옥은 빛·집으로, 한강은 빛·가람으로 바꾸어야 합니다. 한·민족을 빛·민족으로 바꾸면 알 수 있는 것이 하나 있습니다. 빛의 본래 말이 「본」이며, 「본」을 이었다는 말이 「잇·본」입니다. 본을 이은 본이라는 말인데 이것이 「닛·본」, 일본日本이라는 말입니다. 닛본이나 잇본은 같습니다. 일본은 「(빛을) 이은 본」이니 빛 · 민족의 문화를 이었다는 증거입니다. 지금 우리는 일본에 대해 우월감을 가지면 곤란합니다. 「빛魂」이라는 말을 잊은 것은 그들이나 우리나 한가지이니 말입니다.

생명, 생명체, 생명력을 의미하는 우리 말은 잊어버렸습니다. 목숨이 생명이라는 뜻과 비슷하게 쓰이지만 목숨이란 목으로 쉬는 숨이 줄어서 목 · 숨이 되었습니다. 가쁜 숨을 몰아쉬는 현상이지만 생명의 뜻은 아니며, 생명체도 찾기 어렵습니다. 지금은 잊혀져 쓰지 않는 생명과 관계 있는 본래의 말은 생명=빛잇, 생명체=빛몸, 생명력=빛줄이었습니다. 「빛」이라는 말의 쓰임이 변질되면서 근본, 근원을 잃게 되었습니다.

받침

처음의 말이 한 개로 독립된 의미를 전달할 때에는 모든 말에 받침이 있었습니다. 한 개의 말로 뜻이 통하였으니 받침을 어떻게 쓰든 상관이 없었습니다. 「못」이라는 말에 받침이 「몯」이 되어도 뜻이 바뀌지는 않습니다. 문제는 두 개, 세 개의 말이 하나의 단어로 바뀌면서 받침이 말의 뜻을 변형시킨 것입니다.

「맏·잇」은 「처음을 잇다」라는 뜻인데 받침이 바뀌어 「맞·잇=맞이」로 변화하면서 손님을 영접하는 「맞이하다」가 되고 「맛·잇」이 「마시다」로 바뀌어 물을 먹는 모습이 됩니다. 「맏·잇」도 「마디」가 되어 대나무의 한 칸을 말하는 것과 단단한 것을 나타내는 말로 변합니다. 받침의 변화가 말을 변화시키고 뜻을 변질시킵니다. 대표적인 예를 하나 들겠습니다.

한문어 무無를 말할 때는 「없다」로 쓰고, 아기를 등에 업을 때는「업다」로 쓰고, 물을 실수로 쏟거나 사람이 보이지 않게 숨을 때는「엎드리다」로 씁니다.「없다, 업다, 엎다」는 표기는 다르지만 눈에 보이지 않는 것을 나타내는 현상은 같습니다.

무無의「없다」는 이 세상에 존재하지 않는 것을 말합니다. 아기를「업다」라는 것은 아기가 등 뒤에 있지만 눈에 보이지 않아서「없다」고 하는 것이며, 물을 엎지르면 엎질러진 물이 땅에 스며들어 땅속에 물이 있지만 눈에 보이지 않아「없다」고 한 것입니다. 무無는「없다」가 아니라「업다」가 맞습니다. 희망이「없다」는 것은 희망이 나의 등 뒤에 업은 아기처럼 1초 뒤면 나의 앞에 나타날 가능성은 있지만, 1초 전인 지금은 눈에 보이지 않는다는 것입니다. 무無의 개념으로 보면 희망이「없다」고 하면 이 세상에 희망은 존재하지 않으니 영원히 희망은「없는」것이 되고 맙니다.「없다, 업다, 엎다」는 아기를「업다」라고 할 때의 말이 맞습니다. 있지만 등 뒤에 있어서 눈에 보이지 않는 상태, 있지만 마음이 멀어져 보이지 않는 상태가「무無, 업다」의 본 뜻입니다.

유有는「있다」입니다.「아기가 내 품 안에 있다有」고 표기할 수도 있고, 조금 생소하지만 아기를 내 품에 안고 있으니 아기가 내 시선에 이어 「잇다」라고 표현할 수 있습니다. 「있다·잇다」 모두 아기의 존재가 유有하다는 것을 나타냅니다. 단지 유有의 현상을 「있다」와 「잇다」로 표기만 다르게 했습니다. 여기에서 「있다」의 표현은 아기를 정물화시켜 그냥 놓여진 객관적인 형상을 나타낸 것이라면, 「잇다」는 아기를 보고 있는 내가 주체가 되어 아기와 내가 하나로 「이어」 있는 현상을 나타냅니다. 나의 시선이 「이어」 있기 때문에 아기는 거기에 「유有」=「잇다」한 것입니다. 그러므로 「유有」는 있다가 아니라 「잇다」가 옳습니다.

무無와 유有를 합쳐서 생각해 봅니다. 아기를 품에 안아 내 눈에 이어 「잇으니」 유有한 것이며, 아기를 등에 「업」으니 나의 시선에서 끊어져 「무無」가 된 것입니다. 이것을 정리해 봅니다.

아기를 안고 「잇」으니 유有며
아기를 등에 「업」으니 무無다.

잇다가 「유有며」 업다가 「무無」라면 유욕은 욕심을 안고 있어서 욕심이 눈에 계속 「이어」 있는 상태며, 무욕은 욕심을 등에 「업」고 있는 상태가 됩니다. 사방 1m가 되는 금은보화가 든 보따리를 안고 있으면 보따리만 눈에 「이어」 있어서 다른 것을 볼 수 없습니다. 이 상태를 욕심이 눈을 가렸다. 또는 욕심에 눈이 멀었다고 합니다. 이 상태가 되면 부모, 자식, 형제, 친구가 보이지 않으니 사람 노릇 못 합니다. 보따리를 늘 끌어안고 살아야 하니 손을 쓸 수 없어서 누군가와 따뜻하게 손을 잡고 악수를 할 수도 없고, 밥도 먹기 어렵습니다. 이 상태가 유욕, 욕심이 눈에 이어 「잇다」입니다.

무욕은 욕심을 아기 업듯이 등에 업었습니다. 유욕과 무욕의 질량은 같지만 안고 가는 사람보다 업고 가는 사람이 편합니다. 욕심을 업고 가면 눈에 보이는 것들이 있습니다. 부모, 자식, 형제, 친구들…. 그들이 어려운 것이 보이면 좀 도울 수도 있고, 손이 자유로우니 그들과 악수와 포옹을 할 수도 있습니다. 무욕은 재물에 욕심이 없는 것이 아니라 재물을 등에 업고 가는 것입니다.

「업다」의 현상을 좀 넓게 보면 등에 업은 아기와 등 뒤의 산이 같습니다. 오대산만큼 큰 금덩어리가 있더라도 아기를 업은 듯 등 뒤에 놓고 자랑하지 않고 어려운 사람, 어려운 곳을 보는 시선이 있다면 이것이 무욕의 진정한 모습입니다. 이런 사람에

겐 더 많은 재물이 있어야 합니다. 무상無想, 무위無爲, 무념無念도 생각해 보십시오. 아직까지 닿지 않았던 생각, 아직까지 열리지 않았던 생각들이 「잇다」와 「업다」의 말들이 즐겁게 이어 줄 것입니다.

받침의 변화에 따라 본래의 말들이 변질, 왜곡, 희석이 됩니다. 받침을 다시 한번 생각해 보아야 할 시점입니다. 처음 시작한 생명체의 말, 빛말엔 모든 말들에 받침이 있었습니다. 받침이 없는 말들은 처음 만들어진 말들이 변화된 것입니다. 우리의 말보다 일본말이 받침이 있는 말이 적습니다. 이것은 우리말 보다 일본말이 나중에 사용된 말이라는 증거입니다. 우리말의 변형어가 일본말이라는 뜻입니다.

모음母音과 자음子音

지금 우리가 쓰는 「모음」과 「자음」이라는 말은 모음의 말과 글에서 자음의 말과 글이 나왔다는 생각을 나타냅니다. 모음이 「ㅏ, ㅑ, ㅓ, ㅕ」이니 여기에서 자음인 「ㄱ, ㄴ, ㄷ, ㅂ, ㅅ」이 나왔다는 말입니다. 진실은 그렇지 않습니다.

말과 글의 원료는 혼魂입니다. 혼의 본래의 말이 「ㅂ」이니 「ㅂ」의 말과 글이 모음이 되어야 합니다. 빛魂이 빛알이 되고, 빛알이 빛살이 되고, 빛살이 모여 몸으로 태어난 것이니 빛魂이 몸의 원료인 모음입니다. 이 말을 다른 말로 하면, "빛魂은 빛알을 낳고, 빛알은 빛살을 낳고, 빛살은 빛몸을 낳는다"라고 정리할 수 있으니 모든 말과 글의 엄마母는 「ㅂ」이 됩니다. 그리고 빛알은 빛살의 엄마며, 빛살은 빛몸의 엄마입니다. 이것을 그림으로 봅니다.

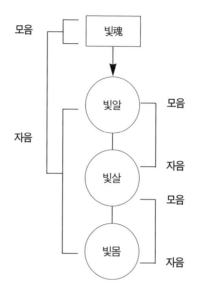

　말과 글의 수평구조를 보면 「■」에서 「ㅍ, ㅃ」이 나왔으며, 「●」에서 「ㅗ, ㅜ, ㅓ, ㅏ」 나왔으며, 「▲」에서 「ㅅ, ㅈ」이 나왔으며, 「■」에서 「ㄱ, ㄴ, ㄷ, ㄹ」이 나왔으니 모음이 4개가 있습니다. 큰 모음 1개와 작은 모음 3개가 있는 것입니다. 이것을 정리해 봅니다.

수직구조		수평구조		
모음	빛魂	←모음	ㅍ, ㅃ	←자음
자음	빛알	←모음	ㅗ, ㅜ, ㅓ, ㅏ	←자음
	빛살	←모음	ㅅ, ㅈ	←자음
	빛몸	←모음	ㄱ, ㄴ, ㄷ, ㄹ	←자음

　　이렇게 정리해 보니 구조적으로 말의 진정한 모음은 「ㅂ ●
▲ ■」의 말들이지 「ㅗ, ㅜ, ㅓ, ㅏ」가 모음이 아닙니다. 지금 모
음이라고 하는 것은 현상어現狀語라고 할 수 있습니다. 「ㅗ, ㅜ,
ㅓ, ㅏ」의 모어母語가 「●」이며, 여기에서 「ㆁ, ㆆ, ㅇ」이 나왔고,
다시 「●=ㅗ, ㆁ=ㅜ, ㆆ=ㅓ, ㅇ=ㅏ」가 나왔습니다. 이것은 생명
체의 원료인 빛魂이 자궁에 수태되어 생명체의 알이 된 뒤에 탄
생 과정의 「현상現狀」을 나타낸 것입니다. 앞에서 설명을 했지만
다시 그림으로 보겠습니다.

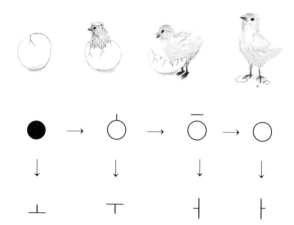

　「ㅗ, ㅜ, ㅓ, ㅏ」는 각각 알의 상태, 반쯤 부화한 상태, 병아리로 태어난 상태, 완전히 장닭으로 성장한 상태를 나타내는 현상어입니다. 이렇게 비유할 수도 있습니다.

　「ㅗ」= 사람이 누워 있다.

　「ㅜ」= 사람이 앉았다.

　「ㅓ」= 사람이 일어섰다.

　「ㅏ」= 사람이 뛰어가고 있다.

모음과 자음을 정리해 보면, 큰 모음 「■」 1개와 작은 모음 「●, ▲, ■」 3개며 나머지의 것들이 자음입니다. 모음과 자음은 말과 글의 탄생 순서의 관점에서는 맞는 것이지만 쓰임의 구조에서는 모음과 자음으로 나누는 것은 맞지 않습니다.

말ᆯ의 원료가 생명체입니다. 그러므로 말과 글도 생명체입니다. 「솟」이라는 글에서 「ㅅ」은 생명체의 살이며 「ㅗ」는 생명체의 살이 「솟아」나는 현상을 나타낸 것입니다. 그러므로 쓰임새의 구조로 보면 생명체와 그의 상태, 현상을 알려 주는 것으로 나뉩니다. 이것을 정리해 봅니다.

자음子音= 생명체

모음母音= 생명체의 현생태

첫 번째로 만들어진 말과 글이 얼마나 변화되고 변질되었는지 알아 보았습니다. 지금의 말과 글을 가지고 처음 탄생한 말과 글의 뜻을 알 수 없을 만큼 변했습니다. 말과 글은 함께 탄생했고, 함께 변화되어 왔습니다. 빛㦤과 몸이 하나이듯, 말과 글도 하나입니다.

6.
말言은 화학과 물리학

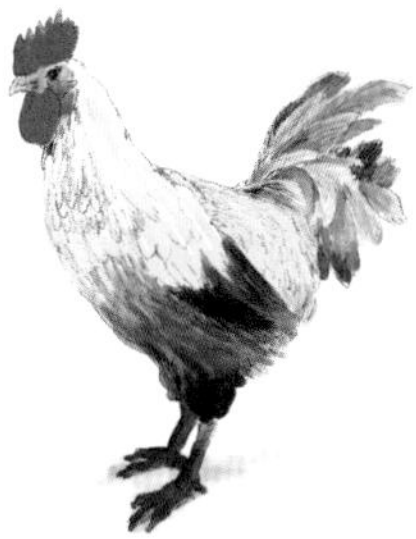

말은 살아있는 생명체입니다

말ᇎ은 화학과 물리학

말ᇎ의 원료는 빛魂입니다. 빛은 에너지이며 파장으로 존재합니다. 파장은 물리학입니다. 빛의 구성원은 초록빛+파랑빛+빨강빛이며 이것이 운동을 하면 하양빛으로 변화하여 존재하니 화학입니다. 말ᇎ도 화학과 물리학의 구조를 갖췄습니다. 말과 생명체의 공통점을 찾아 봅니다.

생명체의 원료인 빛魂이 엄마의 자궁에 수태가 되면 빛알이 되고, 빛알이 분열을 시작하여 빛살이 되고, 약 60조개의 빛살로 분열이 끝이 나면 빛몸으로 이 세상에 태어나 아기→소년→청년→장년→노년의 과정을 거쳐서 빛魂으로 환원이 됩니다. 이 과정을 파장의 상승과 하강으로 나타내 봅니다.

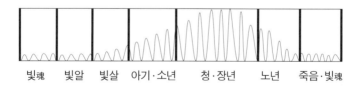

빛魂　　빛알　　빛살　아기·소년　　청·장년　　노년　죽음·빛魂

생명체의 파장운동과 같은 모습을 하고 있는 말ㄹ의 파장운동의 상태를 그림으로 봅니다.

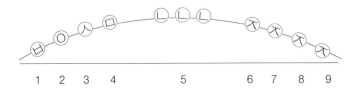

1. ㅂ = 빛이 부풀어 올라,

2. ㅇ = 빛알이 움터 올라,

3. ㅅ = 빛살이 솟아 올라,

4. ㅁ = 빛몸이 무럭무럭 자라서

5. ㄴ = 놓여지고, 넣어지고, 나오고, 놀다가,

6. ㅈ = 빛몸이 잦아져 작아지고,

7. ㅈ = 빛몸이 젖어져 적어지고,

8. ㅈ = 빛몸이 줄어 들고,

9. ㅈ = 빛몸이 졸아들어 죽는다.

죽으면 다시 빛魂이 됩니다. 선線으로 그려진 파장운동을 원圓으로 다시 그려 봅니다.

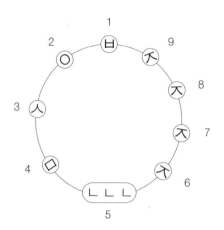

생명체의 삶은 원순환입니다. 말言도 원순환의 구조로 되었습니다. 여기에서 재미있는 현상이 있습니다. 예부터 삶의 가치, 기준, 칭찬의 말이 부풀어 오르는 말, 파장운동의 오르막에 있는 말들이 아니라 내리막의 말인 「ㅈ」의 말입니다.

참 = 본래는 「잠」이라는 말입니다. 「진실로」라는 말입니다.

점잖타 = 젖어들고 잦아들었다는 말로 생체 파장, 빛魂의 운동이 잔잔하여 거칠지 않다는 뜻입니다.

착하다 = 작다는 말입니다. 큰 것은 열성, 작은 것이 우성입니다.

그 외에도 정직하다, 잘한다, 즐겁다, 좋다는 말이 있습니다. 삶은 팽창주의, 상승욕구로 행복해질 수 없다는 사실을 체험적으로 살아낸 사람들의 경구이기도 합니다. 생명체가 원료인 말이 화학·물리학의 구조로 이루어진 것은 당연합니다. 말은 살아 있는 생명체입니다. 생명체의 생존은 잘 가꾸어 주는 것이 필수이듯 말도 잘 가꾸어야 오랫동안 아름다움과 향기를 잃지 않는 생명체로 존재할 것입니다.

7.
말속의 진리를 찾아서

생명체에 이익이 되게 하는 것이 학문입니다

말ᄅᆞᆷ속의 진리를 찾아서

지금의 사람들은 말ᄅᆞᆷ이란 사람과 사람 사이에 소통을 돕는 하나의 기호일 뿐이라고 생각합니다. 말이 하나의 기호라고 생각하기 때문에 상대에게 「사랑」한다고 얘기를 해 놓고 자신의 심정을 충분히 전달했다고 생각합니다. 「사랑」이라는 말이 처음에 어떻게, 왜 만들었는지 알게 되면 「사랑」의 실체를 간결하게 깨닫게 됩니다. 「사랑」이라는 말의 실체를 간결하게 깨닫게 되면, 「사랑」이 좀더 「사랑」답게 존재하게 될 것입니다.

이제부터 말ᄅᆞᆷ의 속뜻을 잊어버린 말 가운데 중요하거나 빈번하게 쓰이는 말을 몇 개 추려서 속뜻을 보겠습니다. 말을 하기 전에 얘기의 이해를 돕기 위하여 말ᄅᆞᆷ을 간결하게 함축하여 보겠습니다.

1. 「ㅂ」의 말은 모두 빛﹦이라고 생각합니다.

2. 「ㅇ」의 말은 모두 생명체의 알이라고 생각합니다.

3. 「ㅅ」의 말은 모두 생명체의 살이라고 생각합니다.

4. 「ㅈ」의 말은 모두 살이 적어지거나 작아지는 것으로 생각
   합니다.

5. 「ㅁ」의 말은 모두 생명체의 몸이라고 생각합니다.

6. 「ㄱ,ㄴ,ㄷ」의 말들은 생명체의 몸의 겉, 생명체의 몸이 금
   방 나타난 것(ㄱ), 생명체의 몸이 놓여져 있고, 낳고, 넣어
   진(ㄴ) 현상이며, 생명체의 몸이 포개지고, 들어가고(ㄷ),
   열리는 것이라 생각합니다.

7. 「ㄴ」받침말은 과거, 「ㅁ」받침말은 현재, 「ㄹ」받침말은
   미래어라고 생각합니다.

8. 그 전까지 배운 「받침」은 잠시 잊어 버리면 좋습니다.

1. 버리다와 벼리다

생활하면서 「버리다」의 상황도 많고 이 말도 많이 합니다. 쓰레기를 버리고, 나쁜 기억도 잊어 버리고, 체중을 줄이려면 살도 버려야 합니다. 눈에 보이고 손에 잡히는 것을 버릴 때는 쉽습니다. 그러나 무형의 것을 버려야 할 때는 어렵습니다. 우리는 가끔 "마음을 비워야지"라고 말합니다. 비운다는 것은 가득 찬 것을 버린다는 뜻입니다. 무엇을, 어떻게 버려야 하는 것이며, 왜 버려야 하는지 확실하게 모른 채 말만 하기 쉽습니다. 버린다와 「벼리다」는 같은 뜻의 말이니 벼리다라는 말을 살펴 보면 버린다의 뜻을 확연히 알 수 있습니다.

「벼리다」는 뭉툭한 것의 날을 세우는 것입니다. 무딘 칼날을 벼리고, 대패날을 벼리면 날이 날카로워져 쓰기에 편하며 효율이 높아집니다. 여기에 직사각형의 쇳덩이가 있습니다. 이것을 끌로 만들려고 합니다. 「끌」이라는 것은 재목材에 구멍을 뚫거나 다듬는 도구입니다. 쇳덩이를 끌로 만들려면 첫 작업이 쇳덩이를 재단하여야 합니다. 직사각형의 한쪽을 화살의 끝처럼 만들어야 합니다. 이것을 그림으로 봅니다.

　그림처럼 쇳덩이의 까망빛갈 부분을 잘라 버리거나 갈아 버려야 끝이 됩니다. 이 작업을 「벼리다」라고 합니다. 뭉툭해서 쓸모없는 것을 벼리면 쓸모 있는 도구로 변화됩니다. 마음을 버리는 일도 이와 같아서 새롭게 나를 변화시켜 새로운 생각으로 되태어나 새로운 창조를 시작하려는 작업입니다.

　「ㅂ」의 말은 혼魄이라 했습니다. 「버리다, 벼리다」란 말은 「혼이 이어 닿다」란 말입니다. 혼魄이 살肉에 둘러싸여 있거나 오물과 같은 생각에 오염되어서 혼魄이 없는 것과 같은 상태가 뭉툭한 쇳덩이의 상태이며, 버리고 벼리는 작업을 하여 쇳덩이가 끌로 재창조된 상태가 마음을 버린 상태입니다. 마음을 버린다는 것은 마음을 아주 없애는 것이 아니라 외출한 혼魄, 오염된 혼을 원상복귀 시키는 것입니다. 마음을 버리고 비우되, 몽땅 다 버리고 비울려면 힘듭니다. 가능하지 않습니다. 다만, 쇳덩이를 끌로 만들 듯 직사각형의 쇳덩이 끝부분을 삼각형이 되도록 조금만 버리면 됩니다.

요즈음 살빼는 일이 전쟁처럼 치열하고 전염병처럼 유행입니다. 살을 빼는 목적이 미용에 있다면 성공하지 못합니다. 살을 빼는 목적은 내 몸을 버려서 뭉툭해진 혼魂을 상큼하게 만든다고 생각할 때 가능해집니다. 마음을 버리고, 버리는 작업은 이벤트가 아니라 일상日常입니다. 일상을 유지할 때 가능하며 죽이어 갈 수 있습니다.

버린다, 벼리다는 같은 뜻, 같은 말입니다. 「비운다」는 「빛이 움터 닿다」는 말이니 혼이 얼었었거나 땅이나 물속에 깊이 묻혀 있다가 나왔다는 말입니다. 늘 빛魂이 움터나서 이어 있는 삶이 좋습니다.

2. 벗과 벗집

진정한 친구 만나기가 하늘의 별을 따는 만큼이나 어렵다고 합니다. 진정한 친구, 역적 모의를 함께 할 만한 친구를 「허물없는 사이, 속내를 내놓고 지내는 사이, 벗고 만나는 사이」라고 표현합니다. 허물을 벗어서 속을 내보이게 하려면 돈, 명예, 권력, 예의를 생략해야 된다고 생각합니다.

벗은 「빛魂」의 우리말입니다. 벗이란 육체 없이 혼으로만 만나는 사이라는 말입니다. 수없이 많은 말로 친한 사이를 나타내는 말이 있다고 해도 「벗」이라는 말을 대신할 말이 없는 듯합니다. "우리는 「벗」 사이다"라고 하면 그것은 「우리는 혼魂으로 만나는 사이」라는 뜻입니다. 군더더기 없는 사람과 사람의 사이입니다.

갯가 염전에 「벗집」이 있습니다. 벗집 안에는 소금을 굽는 가마솥이 있습니다. 이 가마솥을 옛날엔 「벗」이라고 불렀습니다. 가마솥에 소금을 넣고 장작불을 때서 열을 가하면 소금 속의 수분을 증발시키고, 오물들을 「벗」겨 내서 알짜배기 소금이 됩니다. 이 가마솥을 「벗」이라고 합니다.

친한 친구 「벗」을 하나 만들려면 소금을 구워내는 가마솥의 「벗」 과정을 거치지 않으면 가능하지 않습니다. 매일 만나서 우아하게 차를 마시고, 밥먹고 우아하게 헤어진다면 천년을 만나도 「아는 사람」이지 「벗」일 수 없습니다.

진정한 「벗」은 문제를 두 사람이 풀어 보아야 합니다. 두 사람이 10년, 20년을 함께 살아 가노라면 많은 문제를 만나게 되고, 문제를 무화無化시키지 못하면 사건이 됩니다. 사건을 수습하지 못하면 헤어집니다. 「벗」 사이란 많은 문제와 사건을 둘 사이에 겪고도 만나는 사이입니다. 보통은 첫 번째 문제와 사건에서 함몰되거나 파열되어 원수지간이 됩니다.

이 세상은 큰 가마솥이기도 합니다. 장작불이 활활 타는 가마솥에서 사라지는 것은 수분과 오물이며 남는 것이 하양빛갈의 소금입니다. 「벗」이란 그런 통과의례를 치르고 남은 소금입니다. 아무리 좋은 벗이라도 쌀통 속의 쌀알처럼 붙어 있어야지 밥통 속의 밥풀처럼 엉켜 있으면 「벗」이 힘들어서 「삘」습니다. 너무 여러 번 「삘」으면 「뻣·뻣」 해져서 얼굴 근육이 굳어서 웃을 수 없습니다. 「벗」은 「혼魂」입니다. 그리고 「빛」입니다.

3. 배움과 교육敎育

「나는 무엇을 배웠다」고 하면 좀 투박하고 소박한 맛은 있지만 어딘가 촌스러움이 있고, 「나는 무엇을 교육 받았다」라고 하면 많이 배운 것 같고 세련되어 보입니다. 그래서 그런지 배움이란 말보다 교육이란 말을 많이 씁니다.

「배움」의 옛 말뜻은 「빛魂이 움트다, 생명체가 움트다」이니 생명의 탄생을 말합니다. 배움이란 생명이 어떻게 수태하여 탄생하며, 어떻게 성장하며, 어떻게 살아가는 것이 가장 좋은 것인지를 아는 것입니다.

「교육」이란 가르칠 교敎와 기를 육育입니다. 「가르치다」의 「가르다」는 분별, 분석을 의미합니다. 흑과 백을 가르고 음과 양을 가르는 것입니다. 「기르다」라고 하는 것은 「길들인다」라는 뜻이니 교육이란 분별과 분석에 길들게 한다는 것입니다. 살아가려면 분별과 분석도 필요하겠지만 먼저 생명의 근원과 소중함을 알아야 합니다.

가르는 데 길들여지면 통합에 무뎌집니다. 외과의사가 치료를 위하여 배를 가르는 것은 통합이나 봉합을 전제로 합니다.

외과의사가 가르는 것만 알고 통합을 잊는다면 비극입니다. 삶에서 분석과 통합은 균형이 맞아야 합니다.

학문學問이란 배울 학, 물을 문입니다. 생명체가 움트는 것에 대하여 의문을 갖고 묻는 것입니다. 학문은 생명체를 바탕으로 하는 것입니다. 생명체를 이익되게 하는 것만 학문이라 할 수 있습니다. 교육이란 말에선 생명체를 느낄 수 없습니다. 교육은 기술이며 배움은 학문입니다.

4. 「받아」와 「바다海」

「상대의 사과를 받아 드렸다」와 「선물을 받았다」고 할 때의 「받아」와 「바닥」, 「바다海」라는 말은 같은 말입니다. 샘은 산꼭대기에 있고 그 밑에 차례로 개울, 냇물, 강, 맨 아래 바닥에 바다가 있습니다.

바다海가 그렇게 넓고, 깊고, 큰 이유는 모든 것을 「바닥」에서 「받아」들이기 때문입니다. 모든 것을 받아 들여서 나쁜 것은 정화시키고 좋은 것은 위로 올려 보내 비구름을 만들어 세상의 생명들을 살려 냅니다. 바다海는 받아 줌과 창조를 끊임없이 합니다.

받아들임과 바닥에서 편안할 수 있는 상태를 겸손이라고 할 수 없습니다. 겸손이라고 표현할 수 없는 깊음이 있습니다. 받아 들일 때 풍요로움이 있습니다. 받아 들일 때 바다海와 같은 삶이 시작됩니다. 놀이와 창조가 어우러진 바다와 같은 삶이 됩니다. 「바다」海 「받아」는 같은 말, 같은 뜻입니다.

5. 빛과 빛, 빗

빛은 혼魂이며, 생명체며, 에너지입니다. 「빛」을 얻으러 온 사람은 힘이 없고, 춥고, 배고픕니다. 빛을 얻으러 온 사람은 물질이 필요해서 왔지만 사실은 추워서 따뜻함을 얻으러 왔습니다. 물질이 없어서 도와주지 못할 때, 따뜻함이라도 주어서 얼어 붙은 마음을 녹여 보내야 합니다.

옛날 우리 할머니들은 "비가 온다"라고 말하지 않고 "비님이 오신다"라고 했습니다. 하늘에서 내리는 비가 「빛」은 아니지만 생명체가 살아가는데 없어서는 안 될 것이었기에 「빛」으로 인정해 주었습니다. 「빗물」은 「빛의 몸」으로 알았습니다. 빗물을 생명처럼 소중하게 여겼습니다. 요즈음 사람들은 실제 생활에서 「빗물」을 쓰지 않습니다. 그래서 빗물을 가볍게 생각합니다. 그러나 세상의 모든 물은 어디서 어떤 경로를 통해서 오든, 그것은 「빗물」입니다. 빗물의 소중함을 새롭게 인식할 때 생명체, 「빛」을 소중하게 여길 것입니다.

「빗물」을 「빛의 몸」이라고 생각했던 것은 우리들의 할머니들만이 아니었습니다. 유대교, 가톨릭에서도 세례를 할 때 물을 썼으며, 신부가 서품을 받을 때 물속에 몸을 세 번 잠갔다가 나오는 의식을 치르는 것을 보면 「빗물」을 「빛물」로 보았던 것을 알 수 있습니다. 세례를 받을 때 물을 맞는 순간, 신부가 서품을 받을 때 물에 세 번 잠겼다 나오는 순간, 그 사람은 혼화魂化하였다는 뜻입니다. 보통의 몸에서 「빛몸」으로 변화하였다는 것이며, 몸은 사라지고 혼魂만 남았다는 뜻이기도 합니다.

6. 빗살, 빗, 빈

옛날 열녀문 위에는 「빗살」 문양이 있었습니다. 문양이라기보다 구조가 빗살입니다. 이 문을 「홍살문」이라고 합니다. 한문어가 쓰이면서 「빛살문」이 홍살문으로 바뀐 것입니다.

청소하는 「빗」자루, 머리를 빗는 참빗 모두 「빛」입니다. 청소를 하고 나면 지저분하고 거친 것들이 깨끗하고 단정해집니다. 빗자루질을 하면, 빗자루가 지나간 자리는 「빛」이 됩니다. 머리빗도 마찬가지입니다. 더부룩하던 머리터럭이 빗질을 하고 나면 단정해집니다. 빛으로 변화된 것입니다.

「빈공간」이라고 할 때의 「빈」도 빛입니다. 비어 있는 곳에는 눈에 보이지 않지만 앞으로 육체로 태어날 빛魂들이 가득합니다. 공간=빈 사이엔 생명체의 원료가 가득하니 공空=빈은 빛입니다. 우리는 「빛」이라는 말의 뜻을 잊어서 스스로 빛이라는 사실을 잊었습니다. 빛을 잃었으니 삶이 그리도 힘들겠지요.

7. 우리와 울림

「내 집」이라는 말 대신에 「우리 집」이라 하고, 「내 어머니」도 「우리 어머니」라고 합니다. 우리나라, 우리 겨레, 우리 학교, 우리 동네 들로 우리라는 말을 많이 씁니다. 우리라는 말은 「울림」이라는 말에서 받침이 탈락한 것입니다. 우리의 말 뜻을 보려면 「울림」이라는 말의 속뜻을 알아 보면 됩니다.

가벼운 낙엽 한 잎이 떨어지거나 작은 돌멩이가 굴러도 울림이 있습니다. 그러나 여기에서 울림은 그런 울림을 뜻하는 것이 아닙니다. 울림 가운데 가장 근본은 생명체의 파장입니다. 파장은 떨림이 연속으로 모아져서 곡선으로 운동하는 생명체의 에너지입니다. 생명체의 파장운동 속에는 느낌이 있습니다. 울림이 생겨나면 느낌이 같은 것끼리 모입니다. 느낌이 같은 것끼리 모인 것이 「우리」입니다. 철판 위에 모래를 한 삽 얹어 놓고 같은 음율로 두들기면 고운 것은 중앙에, 거친 것은 변두리로 모입니다. 이것을 그림으로 봅니다.

철판   모래

두둘기기전   두둘긴후

철판을 두드려 모래가 같은 것끼리 모이게 하는 에너지를
「울림」이라고 합니다. 「우리」란 철판에 1, 2, 3, 4의 종류로 모인
것들이 각기 우리라고 합니다. 1번은 느낌이 같기 때문에 1번으
로 모인 것이며, 4번은 4번에 모일 수밖에 없는 느낌을 가졌기
때문에 그곳에 모였습니다. 이 느낌을 파장으로 다시 그려 보겠
습니다.

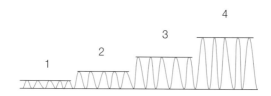

1번의 느낌이 품격이 제일 높고, 4번의 느낌이 제일 거칩니

다. 우리란 느낌의 품격대로 모인 상태를 말합니다. 느낌이 다르면 「우리」가 아닙니다.

우리라는 말과 짝을 이루는 말이 「이웃」입니다. 이웃은 「우리를 이어」라는 말이니 우리의 울림을 이어 받아 같은 파장, 같은 느낌을 지닌 사람을 뜻합니다. 이웃이란 말은 그림에서 이방무늬나 사방무늬와 같습니다.

돼지 「우리」는 돼지를 기르는 「곳」의 명칭이 아니라 그곳에 있는 공통의 느낌을 가진 돼지들을 말합니다. 돼지와 토끼를 한 곳에서 키운다면 우리라고 할 수 없습니다. 그렇듯, 우리 겨레, 우리 민족이라고 하지만 같은 말, 같은 음식을 먹는다고 우리 겨레, 민족은 아닙니다. 느낌과 인간의 품격이 동급일 때, 우리 겨레, 우리 민족이라 할 수 있습니다. 같은 울림의 사람들과 함께 살 때 삶이 빛납니다.

8. 알다知와 앓다

「알다」라는 말은 무엇에 대하여 알았을 때 쓰는 말입니다. 「알다」라는 말의 「알」은 지知의 알았다는 뜻보다 새 알, 닭의 알처럼 란卵이란 말이 먼저 쓰였습니다. 알다라는 말은 「알이 닿았다」라는 준말입니다. 알이 닿았다는 것은 탄생입니다. 빛魂으로 있다가 수태가 되어서 이 세상에 태어나는 과정과 태어난 생명체의 본질을 아는 것이 「알았다, 알다」입니다.

생명체가 빛魂에서 수태되어 탄생이 되고 성장 마디마디마다 변화합니다. 변화할 때마다 열이 나고 외롭습니다. 이 상태를 앓는다고 말합니다. 앓음은 생명체가 성장과 숙성의 마디마다 치러야 하는 통과의례입니다. 혼자서 어찌어찌 하여 아는 것을 「알음알음」으로 알았다고 합니다. 알음은 「알움」의 변화어입니다. 알움은 「알이 움트다」입니다. 「앓음」이란 말도 「알움」의 변화어며, 이 말은 「알움=앓움」이니 알이 움튼다는 같은 상황의 말입니다. 뜻으로 보면 받침을 다르게 쓸 이유도 없습니다. 「앓음」의 상태일 때 생명체와 자신의 근본을 알게 됩니다.

앓고 있는 사람과 환자患者와 병자病者는 다릅니다. 환자는 근

심 걱정 때문에 열이 나는 사람이며, 병자는 세균이나 박테리아에 감염되어 열이 나는 사람입니다. 환자와 병자는 의사가 약으로 치료할 수 있지만 알이 움트는 상태, 앓는 사람은 의사가 치료할 수 없습니다. 생명체와 나, 그리고 삶에 대하여 알아 간다는 것, 그리고 나의 인격을 향상시킨다는 것은 앓지 않고는 가능하지 않습니다.

9. 어린이와 어른

어린이의 뿌리 말은 「알잇」입니다. 알잇이 변화하여 「아이」
가 됩니다. 어린이에서 「어린」만 보면, 성숙되지 않아 어린 사람
이라는 뜻과, "이념과 사상과 교리에 어린 사람, 약물이나 마약,
연탄가스에 어린 사람" 이라고 할 때에 쓰이는 말이니 좋은 느낌
은 아닙니다. 미성숙, 약물에 취함, 사상, 이념, 교리에 맹신함
등의 뜻이니 「어린 상태」는 온전함이 모자라는 현상입니다. 어
린이보다는 「아이」라는 말이 생명체를 원료로 한 말로서 좋다
고 생각합니다.

어른의 뿌리 말은 「알움」입니다. 알이 움텄다는 말입니다.
알 속에서 움터서 밖에 나왔으니 모든 사물이 한눈에 들어옵니
다. 이 세상이 보입니다. 어떤 것이 옳은 것이며 어떤 것이 옳지
않은 것인지 아는 것이 어른입니다. 어른은 알에서 움터 난 상
태, 세상의 것을 볼 수 있는 상태의 사람이며, 아이는 알로 이어
져 있으니 알속에서 자신만 볼 뿐, 알 밖의 세상을 아직 구경하
지 못한 사람입니다. 요즈음은 아이와 같은 어른이 참 많이 있
습니다.

위上라는 말은 움잇이 뿌리말입니다. 「움터 있다」입니다. 알이 움터 있다는 말이니 「어른」이라는 말과 같습니다. 아래下는 「알에」가 뿌리 말이며 알 속에 그대로 있는 상태이니 「아이」입니다. 지위가 아무리 위에 있다고 해도 자신만 아는 사람은 아이와 같습니다. 윗 사람이 아이 같다면 그 집, 그 조직은 희 · 비극입니다.

10. 이쁘다와 이기利己

「이쁘다」의 원래말은 「잇빛」이며, 이어진 빛이니 빛을 이었다는 뜻입니다. 빛이 혼魂입니다. 「이쁘다」는 혼을 잊지 않고 온전하게 유지하고 있는 생생한 생명체를 예찬하는 것입니다.

이기利己는 이익과 몸이라는 말이니 몸을 이익되게 한다는 말로 「잇·잇」이 합해진 합성어입니다. 잇고 또 잇는다는 뜻입니다. 이기利己란 잇고 또 이어 몸을 유지하는 것입니다.

이쁘다는 빛魂을 잇는 것이며, 이기는 몸을 잇는 것이니 정신과 육체를 균형 맞추는 표현으로 안성맞춤입니다. 이기利己가 지나쳐 이쁘지 않게 보이는 것은 몸을 아끼는데 기울어 빛魂을 잊어버린 것입니다. 이기심도 이쁘게 보이는 정도가 좋습니다.

밭을 갈아 놓으면 이랑과 고랑이 만들어집니다. 이랑이라는 말은 「잇·알」이며 고랑은 「곧·알」입니다. 이어진 알과 곧게 움튼 알이라는 뜻입니다. 이곳, 저곳은 「잇·곧」, 「젖·곧」이니 이어서 곧게와 젖어들어 곧게 움텄다는 말입니다. 앞에 「이」가 있는 말들은 모두 「잇」이며, 「이」의 뒤에 오는 말을 이었다는 뜻입니다. 잘 생각해 보면 쉽게 이해가 될 것입니다.

11. 아리랑과 무덤

아리랑이라는 민요는 얄궂은 노래입니다. 처연하도록 슬픈
가 하면, 반복해서 노래를 하다 보면 노동요처럼 힘이 나고 흥도
납니다. 그리고 끝도 없이 반복해서 불러도 질리지 않습니다.

아리랑의 뿌리말은 「알·잇·알」입니다. 알을 이어서 알로 된
다는 뜻으로, 현재 생명체의 알인 상태에서 다시 생명체의 알로
전환하거나 변화한다는 말이니 수수께끼 같지만 아리랑 민요를
음미해 보면 곧 알 수 있습니다. 아리랑의 노랫말을 보면, 혼자
부르는 노래가 아니라 둘이서 주고 받고 또 함께 부르는 노래입
니다. 가사를 살펴봅니다.

1번= 아리랑 아리랑 아리리요 아리랑 고개를 넘어 간다.

2번= 나를 버리고 가시는 님은 십리도 못가서 발병난다.

함께= 아리랑 아리랑 아라리요 아리랑 고개를 넘어 간다.

노래 가사를 보면, 1번은 떠나는 사람이며, 2번은 남는 사람
입니다. 떠나는 사람과 남는 사람의 절절한 이별의 정과 아쉬움

이 서려 있습니다. 떠나는 사람과 보내는 사람의 정체가 무엇인지 알아 보려면 노랫말을 살펴보아야 합니다.

(1) 아리랑

알·잇·알은 무덤을 말합니다. 현재 무덤 속에 있는 생명체의 알魄은 하늘에 있으며, 그 알이 곧 엄마 자궁에 잉태할 것이라는 말입니다. 이 말을 종합해 보면, 현재 무덤에 묻혀 있는 사람의 빛魄은 하늘에 있지만 언젠가 다시 태어날 것이란 말입니다.

(2) 아라리

아라리는 알·알·잇이란 말이 변화 된 것입니다. 「알이 이어지고 또 이어지고」란 말이니 생명체의 알이 두 개, 세 개가 아니라 알·알이 많고 많은 알들, 이것은 무덤이 한두 개가 아니라 많고 많다는 것입니다.

(3) 스리랑

스리랑이란 말은 솟·잇·알이 본래의 말입니다. 솟아서 이어진 알이니 하늘에 빛魄으로 있던 생명체의 알이 이 땅 엄마 자궁에 수태된 상태를 말합니다.

(4) 아리리가 「났네」

아리리가 났네의 났네는 「낳네」가 본래의 말입니다. 엄마의
자궁에 수태되었던 생명체의 알이 이 세상에 태어났다는 말입
니다. 그것도 알알이 태어났으니 이 집, 저 집, 이 동네, 저 동네
에서 많고 많이 태어났다는 말입니다.

아리랑이라고 하는 민요는 살아서 마을 떠나는 사람과 죽어
서 무덤에 있는 혼魂이 살아 나온 듯 주거니 받거니 하며 후렴은
합창을 하고 있는 노래입니다.

아리랑 민요를 본래의 말로 바꾸어서 새로 불러 봅니다. 노
랫말이 새롭게 느껴질 것이며 마음에 더 와서 닿을 것입니다.

(5) 아리랑 아리랑 아라리요.

「죽어 무덤에 묻힌 사람은 생명체의 알이 되어 하늘에 있다
가 다시 엄마의 자궁에 생명체의 알로 환생한다. 그것도 많고
많은 생명체의 알들이.」

(6) 아리아리랑 스리스리랑 아라리가 났네

「많고 많은 생명체의 알들이 솟고 또 솟아 낳고 또 낳아 환생하네.」

아리랑 민요는 이별의 서러움과 미래의 환생과 환생 후의 재회를 기뻐하는 노래입니다. 산 자와 죽은 자의 합창입니다. 산 자와 죽은 자가 합창으로 환생還生을 노래하는 민요는 아리랑 밖에 없습니다.

무덤이라는 말은 「묻·엄」의 변화어입니다. 묻엄은 「묻혀 있는 알」입니다. 아리랑은 무덤 속에 묻혀 있는 그와 이 다음에 다시 태어날 그를 합쳐서 부르는 호칭입니다.

아리랑 고개는 고유의 지명이 아니라 정겨운 가족들이 묻혀 있는 무덤들이 알알이 있는 고개는 모두 아리랑 고개입니다.

12. 아름답다와 한 아름

아름답다는 말을 많이 사용합니다. 그러나 잘못 사용하는 경우도 많습니다. 「다이아몬드가 아름답다」「저녁노을이 아름답다」란 표현은 틀렸습니다. 아름답다의 「아름」은 「알·움」으로 「알이 움트다」입니다. 생명체의 알이 움트다라는 뜻이니 생명체가 탄생, 성장하는 순간순간입니다. "아기의 방긋 웃는 모습이 아름답다", "아기에서 소녀로 성장한 모습이 더 아름답다"고 표현할 때 맞는 말입니다.

아름드리 나무라고 하면 어른의 두 팔로 싸안을 만한 굵기의 나무를 말합니다. 두 팔로 가득히 싸안은 상태를 한아름이라고 합니다. 배추를 한아름 얻었다고 하면 두팔로 가득히 안을 만큼 얻었다는 말입니다. 그러나 본래 한아름이라는 말은 물건의 양을 계량하는 말이 아닙니다.

엄마가 우는 아기를 두 팔에 안았습니다. 아기는 울던 울음을 그치고 방긋 웃습니다. 엄마의 두 팔에 안긴 아기는 새롭게 움터 났습니다. 슬픔에 잠긴 연인을 두 팔로 안아 주었습니다. 슬픈 연인은 마음이 평안해집니다. 두 팔 안에 한아름이 된 그는 새로운 「알로 움터」 납니다. 이것을 포옹이라고 말하게 되었습니다. 나의 두 팔로 싸안아 주는 모든 것은 새로운 생명체로 움터 납니다. 한아름이라는 말은 한 개의 알이 움터 난다는 말이니 나의 두 팔 안에 감싸여 있는 모든 생명체는 아름답게 피어납니다.

빛이 움트면 알이 되고, 알이 움트면 살이 되고, 살이 솟으면 몸이 되고, 몸이 무럭무럭 자라면 어른이 됩니다. 어른은 숙성의 대명사입니다. 숙성은 은근한 배려의 마음이며 따뜻한 마음입니다. 아름다움을 느낄 때마다 어른이 됩니다. 다른 사람에게 아름다움을 느끼게 해 주는 사람은 어른이며 보이지 않는 마음의 두 팔로 감싸 안아 주어 그들을 아름다움의 상태로 만들어 준 것입니다. 아름다움은 삶의 꽃입니다.

13. 사랑과 사람

사춘기의 사람들에게 사랑이 뭐냐고 물으면 가지가지의 답들이 나옵니다. 사춘기의 사람들만 아니라 어른들도 사랑에 대하여 정의를 짧게 내려 보라고 하면 어려워합니다. 당신은 사랑이 무엇이라고 생각하십니까? 잠시 생각해 보십시오.

요즘은 사랑이라는 말이 너무 쉽게 쓰입니다. 너무 쉽게 쓰이니 가벼워졌습니다. 사랑이 가벼워지니 천박해졌습니다.

"이웃을 사랑합시다"라고 말합니다. 그러나 이웃은 사랑할 대상이 아니라 폐를 끼치지 않아야 할 대상이며, 배려를 해 주면 충분하지 사랑까지 해야 할 대상은 아닙니다. 고객을 사랑한다고 하는 것도 말이 안됩니다. 고객은 불편함과 불이익이 없도록 편안하게 대접할 대상이지 사랑할 대상은 아닙니다.

"야구를 사랑한다, 나비를 사랑한다, 나무를 사랑한다"고 합니다. 사랑이라는 말이 넘쳐날수록 사랑은 찾기 어렵습니다. 사랑이 보편화가 되니 아내와 남편, 부모와 자식 간의 특별한 사랑도 하향평준화 되었습니다. 이제 사랑이라는 말은 흔하되 사랑은 희귀하여 찾기 어렵고, 늘 사랑을 말하되 작고 가벼워졌습니다. 이제 사랑을 바르게 정의할 때가 되었습니다.

요즈음은 연인을 사랑하는 사람이라고 합니다. 옛날 사람들은 사랑하는 연인을 「알뜰살뜰한 당신」이라고 했습니다. 알뜰살뜰이란 말은 알들과 살들이란 말의 변화어입니다. 사랑하는 사람은 나의 알들과 살들이란 뜻입니다.

알들과 살들은 알과 살입니다. 알과 살의 순서를 바꾸어 놓으면 「살·알」이 됩니다. 살알이란 우리의 몸을 구성하고 있는 약 60조 개의 세포細胞를 말합니다. 살알이란 말이 변화하여 「사랑」이라는 말이 됩니다. 사랑이란 말은 「살과 알」, 세포를 말하며 "당신은 나의 사랑" 이라고 하면 "당신은 나의 살알-세포다"라고 말하는 것입니다.

사랑하는 사이가 되면 사랑을 확인하고 싶어합니다. 사랑을 확인하는 방법은 매우 간단합니다. 사랑하는 그 사람이 도망가지 않고 나의 눈에 보이는 동안은 그가 나를 사랑하고 있는 것입니다. 우리의 몸에서 살알이 없어졌다는 것은 죽었다는 것입니다. 죽었다는 것은 소멸, 몸이 보이지 않게 된 것입니다. 사랑이 식어 버리면 그를 오라고 해도 오지 않습니다. 시루떡을 쪄 놓고 고사를 지내도 오지 않습니다. 불평과 불만을 말하거나 혹시 헤어지자고 그가 얘기를 하더라도, 찾아왔다면 아직 사랑은 남아 있는 것입니다. 사랑 확인에 시간을 낭비하지 말고 그가 나의 눈에 보이는 동안 사랑 익히기에 시간을 써야 합니다.

「살알」이 변화하여 사랑이라는 말이 되었듯이 「사람」이라는 말도 살알이 변화된 말입니다. 사람 사는 세상을 한 개의 몸으로 보면, 한 사람은 세상을 구성하는 한 개의 살알, 세포라는 말입니다. 우리는 가끔 보잘것 없는 존재라고 느낄 수 있지만, 한 사람 한 사람 모두들 사람 세상을 구성하는 한 알의 세포입니다.

사랑과 사람이 살알이란 같은 말에서 시작합니다. 사람은 사랑이 원료이며 그 자체이니 사랑이 없는 사람은 없습니다. 죽지 않고 살아 있는 순간까지 사랑은 함께 합니다. 살아 간다는 말의 「살아」도 살알의 변화어입니다. 살아 있는 것, 살아 간다는 그 자체가 사랑입니다. 삶이, 사람이, 사랑이니 구태여 사랑한다고 말을 하지 않아도 사랑은 늘 빛나고 있습니다. 느낌이 둔탁해지고 거칠어져 느끼지 못할 뿐입니다. 살림이란 말은 「살·잇」입니다. 세포를 이어가는 것입니다. 살림살이–살을 잇고 또 살을 잇는다는 말이니 사람 세상에서 살림살이가 유지되는 한, 이 세상엔 사랑이 이어지고 또 이어질 것입니다.

14. 스승과 나무

　나무를 때고 남은 것을 숯이라고 합니다. 동물의 성별을 나눌 때 암컷과 숫컷이라고 합니다. 나무를 때고 남은 숯이나 숫컷의 숫이나 받침이 다를 뿐 같은 말입니다. 옛날엔 나무의 명칭이 숫이었습니다. 숫처녀는 정갈한 처녀라는 말인데 나무처럼 언제나 싱싱하고, 늘 푸르며, 곧다는 말입니다. 숫처녀는 나무와 같은 처녀라는 뜻입니다.

　숫처녀라는 말이 숫총각, 숫컷으로 쓰이게 됩니다. 숫컷, 숫총각도 나무와 같이 우람하고, 강건하고, 언제나 생명력이 살아있다는 말입니다. 처녀의 상징으로 쓰일 때의 나무는 아름다우면서 곧은 느낌이었지만 사내의 상징으로 쓰이면서 강건함이 강조됩니다. 숫컷, 숫총각이라는 말은 숫처녀라는 호칭을 나중에 빼앗아 쓰게 된 것입니다.

　스승이라는 말도 나무에서 시작됩니다. 스승의 어원語原이 「숫·움」이었습니다. 숫·움은 「숫이 움트다」입니다. 나무가 움트다는 말은 자라나는 현상을 말합니다. 나무는 늘 일정하게 자랍니다. 일정하게 자라난다는 것은 희·노·애·락의 감정을 속으로 삭혀 내 생체 파장의 흐름이 한결같으므로 밖으로 드러나는 모습이 늘 같다는 것입니다.

「숫·움」에서 「수·숨」이 되고, 다시 「수·숭」이 되었다가 「스·숭」이 됩니다. 스승이라고 호칭을 받는 사람의 조건은 나무처럼 늘 한결같은 마음을 유지하는 사람이어야 합니다. 작은 일에도 널을 뛰듯 마음의 동요가 심한 사람은 스승이 아니라 그냥 아는 것이 많은 지식인知識人일 뿐입니다.

고려시대에 불교가 국교로 되면서 불교의 성직자를 「스승」이라고 불렀던 듯합니다. 그것이 조선시대에 오면서 배불 정책 때문에 스승의 호칭이 반동강이가 나서 스님의 「스」와 승려의 「승」으로 나뉘고 맙니다. 스님들이 스승의 호칭을 새로 찾는 날이 오면 세상은 한결 빛날 것입니다.

나무의 호칭이 숫에서 섯으로 바뀌고 다시 낭으로 바뀝니다. 섯으로 바뀌었을 때 만들어진 말이 「서당」입니다. 서당은 나무가 있는 땅입니다. 옛날엔 큰 나무 그늘 밑에서 예의와 무술과 농사법을 배웠으니 노천학교였습니다. 그것이 한문이 들어오면서 서당書堂으로 바뀝니다. 글을 배우는 집으로 둔갑합니다. 서와 낭이 합쳐서 「서낭당」이라고 불렀습니다. 이 말도 나무가 있는 땅인데 서(나무), 낭(나무)이 복합되어 쓰였습니다. 이것도 한 문이 들어오면서 「성황당城隍堂」으로 바뀌고 맙니다. 좀 황당하게 바뀌었습니다.

참선은 수도의 방편입니다. 참선이라는 말은 참·나무입니다. 진짜 나무를 닮기 위하여 수도를 합니다. 참선은 참 스승이 되기 위한 방법이었습니다. 요즈음의 참선 목적이 이상야릇해졌지만 본시 참선의 목적은 하나, 참 스승이 되는 것입니다. 참 스승이 그리운 때입니다.

참 스승을 찾다가 못 찾았다면 나무를 보십시오. 다행히 우리 나라는 보려는 마음만 있다면 언제 어디서나 나무를 볼 수 있습니다. 나무를 참 스승, 삶의 기준으로 삼으면 됩니다. 늘 한결같은 생체 파장, 자연의 계절에 순응하며 미리 미리 준비하는 나무는 스승으로 적합합니다.

15. 스스로와 자유自由

삶에 있어서 자유는 공기와 물과 같습니다. 꼭 있어야 할 것입니다. 모든 사람들은 자유인自由人이 되기를 꿈꿀 것입니다. 그러나 그렇게도 그리워하는 자유인이지만 정작 자유의 명확한 뜻을 모르는 것 같습니다. 자유는 스스로 자自, 말미암을 유由입니다. 말미암다라는 말은 「원인, 과정, 결과」를 합친 말입니다. 작거나 크거나 모든 일의 원인과 과정과 결과는 스스로의 책임이라는 뜻이 자유입니다.

스스로라는 말은 「스승」에서 「ㅇ」이 탈락했습니다. 모든 일을 누가 시키지 않아도 자신의 일을 준비하고 시행한다면 그 사람은 스승격입니다. 여러 사람들과 더불어 한 일이라도 자신이 선택한 책임과 일의 과정과 결과를 책임지는 사람은 스승이며 진정한 자유인입니다.

진정한 스승, 진정한 자유인은 다른 사람을 원망하지 않습니다. 함께 한 일이 실패하면 자신이 책임을 집니다. 그 일이 잘 되면 함께 일한 사람들에게 공을 돌립니다. 진정한 자유인은 남을 원망하지 않습니다. 남을 원망하는 사람은 노예입니다. 스스로 일을 찾아서 못하고, 시켜야 일하고, 눈치 보며 일하는 사람은 노예입니다. 최고의 스승의 품격일 때 자유인이 되며, 의무는 다하고 권리는 잊어 버린 채 살 때 자유의 삶입니다.

아들과 딸들을 스스로 자기의 일을 챙기지 못한다고 야단치지 마십시오. 스스로 자신의 일을 하면 스승입니다. 부모들도 스승이 되지 못한 채로 아이들을 스스로 못한다고 혼내면 아이들이 흉을 봅니다.

16. 소중함과 솟대

소중함이란 삶을 살아가는 기본이며 원동력이기도 합니다. 사람들은 자신이 소중하다고 생각하는 그것을 얻기 위하여, 지키기 위하여 노력합니다. 어떤 경우엔 소중함을 얻거나 지키기 위하여 목숨을 버릴 때도 있습니다.

소중함의 「소중」이라는 말은 「솟·움」의 변화어입니다. 「솟·움」은 솟아서 움트다란 말입니다. 소중함이라고 하면 특별한 느낌이지만 「솟아 움튼 것들」이라고 하면 보편적 느낌이 듭니다.

이 세상의 생명체들, 지평선과 수평선 위에 1mm가 솟아 움텄건, 100m가 솟아 움텄건 모두 한 값으로 솟아 움튼 생명들입니다. 한 값으로 솟아 움튼 것 가운데 어느 한 가지에 애착을 갖게 되면 그것이 소중함으로 변화합니다. 이 세상에 솟아 움튼 것들이 한 값인데 어느 한 개만 소중하다고 생각하는 순간, 소중한 것 외의 것들은 보잘 것 없어 보이거나 걸리적거리는 장애물로 느껴집니다.

옛날엔 동네 어귀에 「솟대」가 서 있었습니다. 긴 장대 위에

새를 조각해 올려 놓은 것입니다. 솟대의 본래말은 「솟·닿·잇」 입니다. 「솟아서 닿아 이어 있다」는 말입니다. 솟아서 닿아 이어 있다는 것은 창조된 것이 오래 존재한다는 말입니다. 사람이 살아가는데 품위를 지킬 만큼의 물질은 필요합니다. 사람들의 삶에 반드시 필요한 물질이 늘 풍성하게 생산되도록 기원하는 것이 「솟대」입니다.

솟대 꼭대기에 올려 놓은 새의 조각상은 말 그대로 새로운 것을 의미하기도 하지만, 본래는 새라는 말은 「살·잇」입니다. 「살」이라는 말은 물체의 속을 구성하고 있는 알짜배기입니다. 예를 들면, 살의 센소리가 「쌀」입니다. 솟대를 세운 의미가 풍성한 생산이라면 풍성함의 대상이 「쌀」이기도 합니다. 쌀이 많이 생산되어 오래 이어 가기를 바라는 마음은, 쌀을 창고에 풍성하게 쌓아 놓고 살고 싶다는 소원입니다.

솟대와 같은 말에 소슬바람이 있습니다. 소슬은 「솟·움」의 변화어입니다. 소슬바람은 무더위에 시루떡의 격지처럼 가느다란 한줄기의 시원한 바람입니다. 그리고 소슬대문이 있습니다. 큰 기와집의 큰 기와대문의 이름이 소슬대문입니다. 솟대가 온 마을의 풍성한 생산을 공동으로 염원하는 소원이라면 소슬대문은 오로지 우리 집, 나만을 위하여 풍성한 생산을 염원하는 솟대입니다.

이 세상에 솟아 움튼 것 가운데 어느 하나를 소중하다고 생각하기 시작한 그 즈음, 공동의 솟대에 성이 차지 않아 나의 대문에 사적인 솟대, 소슬대문을 만들어 놓았다는 생각이 듭니다. 세상을 살아가려면 이 세상 모든 것에 공동의 의미 부여를 하여 평등하게만 볼 수는 없겠지만, 지나치게 소중한 것과 가치 없는 것을 나누면 삶이 힘듭니다. 내 아이가 소중한 것처럼 남의 아이도 소중하다는 마음은 있어야 합니다. 소중함을 느끼는 마음은 삶을 즐겁게 하기도 하고 슬프게도 하는 양날의 칼입니다.

17. 설과 서울

까치 까치 설날은 어저께고요, 우리우리 설날은 오늘이래요.

음력 1월 1일을 설날이라고 합니다. 설이라는 말은 미래어입니다. 설의 뿌리말이 섣이며 과거형의 말이 「섣」, 현재말이 「섬」, 미래말이 「설」입니다.

1년은 365일입니다. 설날은 365일의 첫날입니다. 첫날은 365일을 시작함과 동시에 364일을 모두 안고 있습니다. 364일은 앞으로 오늘이 되어 우리들 앞에 일어 「설」 것입니다. 지금은 있지만 보이지 않게 존재하다가 내일, 모레, 글피, 차례차례 일어설 그날들이 오늘 설날 안에 겹겹이 안겨 있습니다. 설날은 미래에 나타날 날들을 보이지 않게 싸안고 있는 삶의 실타래의 첫 보풀입니다.

설악산雪嶽山의 옛 이름은 설뫼입니다. 한문이 들어오면서 설날이라고 할 때의 「설」을 눈, 설雪로 바꾸어 놓아 지금의 호칭이 되고 말았습니다. 설뫼의 뜻은, 지금 보이는 모습은 오늘의 모습일 뿐 내일, 모레, 글피… 무수히 다른 모습으로 일어서서 모여 이어 간다는 것입니다.

서울은 대한민국의 수도입니다. 서울의 본래말이 「설·움」입니다. 설날과 움튼다는 합성어입니다. 설날처럼 미래에 움터날 다양한 모습이 속에 감추어져 있다는 말입니다. 설날, 설뫼, 서울은 같은 의미와 같은 뜻의 말입니다. 오늘 속에 아름답고 찬란한 미래가 서리서리 갈무리되어 있다가 내일 현실로 차곡차곡 나타난다는 말이니 참으로 낙관적이고 고운 말입니다.

18. 절과 새우젓

스님들이 사는 곳을 절이라고 합니다. 왜 스님들이 사는 곳을 절이라, 부르냐고 물으면 대부분 부처님께 절을 하는 곳이기 때문이라고 대답합니다. 그러면 부처님께 절을 하는 것을 왜 절이라고 하게 되었는지를 물으면 모두들 말이 없습니다.

김장할 때 배추에 소금을 뿌려서 「절」입니다. 배추를 절이면 크기가 작아집니다. 옛날 어머니들이 배추가 잘 절여졌는지 알아보라고 할 때 "숨이 죽었는지 살펴보고 오너라." 하셨습니다. 사람이 엎드려 큰 절을 할 때 몸이 작아지고, 배추를 절여 놓아도 몸이 작아집니다. 절은 몸을 작게 만듭니다. 그러나 몸만이 아니라 「숨」을 잦아지게 하기 위하여 절을 합니다. 숨이 거친 것은 교만이며 숨이 잦아진 것은 겸손입니다. 절은 몸을 작게 만들기도 하지만 숨을 낮게, 잦아지게 만드는 것이 목적입니다.

새우에 소금을 뿌려 저장하는 것을 「젓」을 담는다고 합니다. 생새우인 채로 밖에 놓아 두면 2-3일 안에 썩고 말지만, 젓을 담아 놓으면 몇 년 이상 싱싱하게 유지됩니다. 새우에 소금을 뿌려 놓으면 새우의 몸이 작아지고, 새우의 성분이 속으로 「젓」어

들어서 생새우보다 새우젓이 오래 갑니다.

엄마의 「젖」도 새우 「젓」과 같습니다. 젖과 젓이 받침만 다를 뿐 새우젓과 의미는 똑 같습니다. 엄마의 젖은 아기를 새우젓으로 만드는 소금입니다. 아기의 몸을 크게하고 숨결이 거칠게 키우는 데 쓰는 것이 아니라 생새우를 새우젓으로 만들 듯 작은 몸, 잦아진 숨결의 사람으로 만드는 것이 엄마의 젖입니다.

경상도에서는 부엌을 정지라고 합니다. 정지의 뿌리말이 「젓·짓」입니다. 「젓어지게 짓는다」는 말이니 새우젓처럼 작게 만든다는 뜻입니다. 아기에게 엄마의 젖은 부엌이며 밥입니다. 어른들에게는 정지가 엄마의 젖과 같은 곳입니다. 몸짓과 숨결 모두 잔잔한 사람을 부엌에서부터 만들어야 한다고 생각해서 정지=젓·짓으로 부엌이름을 만든 것입니다. 엄마의 젖, 부엌인 정지, 모두 숨이 젖어 들고 몸이 잦아지게 하는 것입니다.

모든 종교의 성소聖所에서는 공통으로 절을 합니다. 절을 하는 모든 곳은 배추를 소금에 절이는 커다란 항아리와 같은 곳입니다. 절을 할 때마다 스스로의 몸에 소금을 뿌리는 것입니다. 그리하여 배추를 절이듯, 새우젓을 만들 듯, 몸과 마음을 젖어지고 잦아지게 만듭니다.

19. 집과 우주字宙

　사람이 사는 곳을 집이라고 합니다. 흔히 집은 휴식을 취하는 곳이라고 말하지만 집의 어원語原을 보면 그렇지도 않습니다. 집의 어원은 「짓」입니다. 「짓」이라는 말은 「만든다, 창조」의 뜻입니다. 집에서 무엇을 만들까요? 생명입니다. 아이를 낳아서 키우고 성숙시키는 곳이 집입니다. 집은 생명을 창조하는 「곳」입니다.

　우리는 우주라고 하면 너무 신비롭게만 말합니다. 우주에 무엇이 살고 있는지는 몰라도 무엇을 하는 곳인지 우주字宙라는 말을 보면 알 수 있습니다. 우주는 「집우」와 「집주」입니다. 집의 어원이 「짓」이라 했습니다. 우주는 사람이 사는 집보다 집이라는 말이 중복되어 있습니다. 중복되었다는 것은 두 번만 뜻하는 것이 아니라 「짓고 또 짓고, 또 이어서 짓고 지으니」의 상징입니다. 우주는 끊임없이 생명체를 짓고 또 짓고, 또 짓는 곳입니다.

　우주의 텅 빈 저 공간에는 이 땅에 육체로 현신現身할 빛魂들이 가득합니다. 우주는 혼(빛)을 짓는 곳이며 이 땅의 사람이 사는 집은 육체를 짓는 곳입니다. 사람이 사는 집과 우주는 크기만 다를 뿐 생명을 창조하는 일은 같습니다.

옛날 집에는 한울타리가 있었습니다. 한울타리의 본래말이 「하늘-다리」입니다. 하늘다리를 통하여 우주에서 노닐던 혼魂이 집으로 내려와 육체를 갖게 됩니다. 하늘다리 안에 있는 땅은 하늘 땅이며, 하늘 땅의 집은 하늘 집이며, 하늘 집에 사는 사람은 하늘 사람입니다. 우리는 모두 하늘 사람입니다.

하늘 사람이기에 우리는 늘 창조를 합니다. 눈짓, 손짓, 몸짓 모두 창조의 동작들입니다. 하늘 사람은 늘 아름다워야 합니다.

20. 점잖다와 선비

(점)잖다의 본래말은 「젖어지고 잦아지다」며 (점)잖은 사람은 젖어지고 잦아진 사람이라는 뜻입니다. 무엇이 젖어지고 잦아진 것인지 알아야 점잖은 상태를 알 수 있습니다.

말╻의 원료가 빛魄이며 혼은 생명체의 원료입니다. 빛은 파장으로 존재합니다. 빛으로 있는 동안 파장운동은 균등하게 이루어지고 있지만 빛이 육체로 변화한 뒤에는 감정의 희·비·애·락에 따라 파장운동이 변화합니다. 파장운동의 폭이 높이 올라가면 「부풀어졌다, 거칠어졌다」라고 하며 파장운동의 폭이 낮아지면 파장이 「젖어들었다, 잦아졌다」고 합니다.

혼의 파장이 마음이며 느낌입니다. 혼의 파장이 높아졌다면 마음, 느낌, 생각이 부풀고 거칠어진 것이며, 파장운동의 폭이 낮아졌다면 마음과 느낌과 생각이 젖어지고 잦아져 잔잔한 상태가 된 것입니다. 마음과 느낌과 생각이 거칠어지면 말과 몸짓도 거칠어집니다. 마음과 느낌과 생각이 젖어지고 잦아지면 말과 행동도 젖어지고 잦아집니다. 점잖다는 것은 빛魄의 파장이 젖어지고 잦아져 마음과 느낌과 생각도 젖어지고 잦아져서 말과 행동도 젖어지고 잦아진 상태입니다.

부풀고 거칠어졌다는 것은 크게 변화한 것입니다. 밀가루 반
죽에 이스트나 막걸리를 넣어 발효시키면 밀가루 반죽은 몇 배
부풀어 커집니다. 커진 밀가루 반죽은 처음의 작은 밀가루 반죽
보다 힘이 없습니다. 부풀고 거칠어진 것은 젖어지고 잦아진 것
보다 강하지 않습니다. 이스트를 넣기 이전의 밀가루 반죽 상태
를 점잖다고 합니다. 이것을 그림으로 다시 한번 설명합니다.

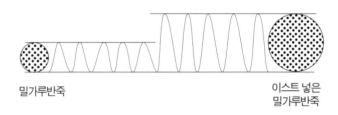

밀가루반죽   이스트 넣은
                                                 밀가루반죽

우리는 「선비 정신」과 「선비 모습」에 대하여 말을 많이 합니
다. 그러나 진정으로 선비의 정신과 선비의 모습을 모릅니다.
진정한 선비의 정신과 선비의 모습이 점잖은 모습인 줄 모릅니
다. 선비는 몸과 마음이 젖어지고 잦아져 말소리가 낮고, 온화
하며, 몸도 거칠게 크지 않아 행동도 겸손하며 잔잔합니다. 속

은 강하지만 겉은 유연합니다. 그러나 불의不義를 만나면 산山처럼 움직임 없이 대처하지만 언제나 해학을 이해하며 행합니다. 진정한 선비는 문무를 겸비하며 가무에도 능통합니다. 몸과 마음이 젖어지고 잦아지지 않으면 가능하지 않습니다.

언젠가부터 몸과 마음이 거칠어져 뛰어다니며 큰 소리를 내는 사람을 능력 있고 훌륭하다고 생각하게 되었습니다. 젖어지고 잦아진 사람을 환쟁이, 풍각쟁이라고 비하하였습니다. 쟁이라는 말은 「잦아진 이」입니다. 잦아진 사람이라는 말입니다. 그림을 그리고, 연주를 하고, 수를 놓으려면 마음이 잔잔하여 앉아 있을 수 있어야 가능합니다.

쟁이라는 말이 한문어로 장인匠人으로 바뀝니다. 장인이라고 하면 찬사로 들리고 쟁이라고 하면 비하로 들리게 됩니다. 요즘은 그 계통에서 일가를 이룬 장인을 거장巨匠이라고 합니다. 거장이라는 말은 이치에 맞지 않습니다. 장인은 잔잔하게 잦아진 사람을 뜻하는 데 거장은 크게 잔잔한 사람이라는 말입니다. 잦아지고 잔잔하다는 것은 작다는 것입니다. 점잖다는 젖어지고 잦아진 사람이며, 점잖은 사람이 많은 세상이 좋은 세상입니다.

21. 죽쑤다와 죽다

쌀로 밥을 짓습니다. 밥이 다 되었습니다. 쌀이 잘 익은 뒤 잦혀져 윤기가 흐르며 쌀의 형태를 유지하고 있습니다. 쌀로 죽을 쑵니다. 끓어오릅니다. 주걱으로 고르게 저어 줍니다. 시간이 흐르면서 쌀의 형태는 점점 허물어져 갑니다. 죽이 완전히 다 되었습니다. 솥 안엔 쌀의 형태가 없지만 쌀이 풀어져 하얗게 담겨 있습니다.

「죽을 쑤다」의 「죽」과 「죽었다」의 「죽」은 같은 말이며 같은 뜻입니다. 죽는다는 것은 쌀로 죽을 쑤는 것과 같습니다. 죽으면 형체는 없어집니다. 그러나 보이지 않는 빛氣은 허공에 남아 있습니다. 쌀이 죽이 되어 솥 안에 남아 있듯이 말입니다.

22. 모이와 모시다

닭장 안에 모이를 뿌려 주면 여기저기에서 흩어져 놀던 닭들이 모여듭니다. 「모이」는 닭의 먹이 이름이 아닙니다. 쌀을 뿌려 주니 닭들이 「모이」는 현상을 말합니다. 모이라는 말은 「몸을 잇다」입니다. 쌀을 뿌려 주었더니 흩어져 있던 닭의 한 몸 한 몸들이 이어지는 것을 말합니다.

"윗어른을 공경스럽게 잘 모시다"라고 할 때의 「모시」라는 말도 「몸·잇」의 변화어입니다. 어른을 가장 잘 공경하는 일은 어른과 나의 몸을 잇는 것입니다. 한 집에 사는 것입니다. 멀리 떨어져 살면서 생활비를 풍족하게 보내드리는 것보다 생활이 다소 풍족하지 않더라도 한 집에 함께 「모시」고 사는 것이 제일입니다. 「모이, 모시다」는 「몸을 잇다」입니다.

23. 마지막과 원圓

「끝났다」와 「마지막」은 비슷하지만 다릅니다. 청소를 다 하고 나면 "청소를 끝냈다"고 하고 12월이 되면 올해의 마지막 달이라고 합니다. 마지막은 모두 사용하고 하나가 남은 것입니다.

마지막의 본래말은 「맏·잇·맏」입니다. 「처음을 잇는 처음」이라는 뜻입니다. 운동횟날 400m 계주 경기가 시작됩니다. 1번 선수가 100m를 달려와 2번 선수에게 바턴을 넘깁니다. 그 순간, 1번 선수의 소임은 끝이 났지만 계주 경기는 계속됩니다. 1번 선수는 자신의 일이 끝난 순간에 2번 선수의 첫 출발이 시작됩니다. 1번 선수와 2번 선수가 바턴을 주고 받기 위하여 두 사람의 손이 바턴에 함께 닿아 있는 그 때가 「마지막」 순간입니다.

계주 경기는 400m에서 끝납니다. 그러나 우리 삶은 영원히 끝이 나지 않는 계주 경기입니다. 우리 삶은 수평이나 수직의 선線이 아니라 동그라미입니다. 하나로 끝나는 선은 동그라미의 일부분입니다. 우리 삶은 무수히 끝나는 마디 마디의 선들이 모인 동그라미입니다. 마지막은 처음을 잇는 처음입니다. 우리 삶은 매일 처음입니다. 오늘은 새로움이며 희망입니다.

24. 마중과 배웅

시장에 다녀오시는 어머니를 맞이하거나 직장에 다녀오시는 아버지를 맞이하는 것을 「마중」이라고 합니다. 처음 집에 오시는 손님을 맞이 하는 것도 「마중」이라고 합니다. 마중이라는 말은 「맏·음」이며 처음 움터났다는 뜻입니다. 처음 움터 났다는 뜻은 지금 막 탄생했다는 뜻과 처음 본다는 뜻이 함께 담겨 있습니다.

어머니와 아버지는 아침에 집에서 헤어졌다가 저녁에 만나는 사이입니다. 그러나 한 집에서 몇십 년을 함께 살아 온 사이여도 몇 시간이나 하루 이틀 헤어졌다가 만나는 순간, 마중하는 그 순간은 이 세상에서 처음 본다는 뜻입니다. 짧은 시간으로 말하면 5분간 헤어졌다가 다시 만나는 마중의 순간도 처음 보는 것입니다.

장에 가시는 어머니, 직장에 나가시는 아버지를 떠나 보내는 것을 「배웅」이라고 합니다. 배웅이라는 말은 「받·잇·움」의 변화어입니다. 지금 말로 하면 「빛魂·잇·움」이니 「빛으로 이어 움트다」란 말입니다. 배웅을 하고 돌아서서 그가 보이지 않는 순간, 그는 빛魄으로 움튼 것입니다. 빛으로 움텄다는 것은 혼으로 화化했다는 말이니 죽었다는 것입니다. 물리적으로는 살아 있지만 화학적으로 죽었습니다.

한 집에서 함께 사는 부부 사이, 부모와 자식 사이, 형제 사이에 아침 저녁으로 주고 받는 마중과 배웅은 탄생과 죽음의 반복입니다. 우리의 삶은 만나고 헤어지고, 또 만나고 헤어지니 환생과 죽음, 또 환생과 죽음을 반복하며 살고 있습니다. 이 사실을 깨닫는다면 한 집에서 30년을 함께 살았다고 해도 권태를 느낄 수 없습니다. 그는 늘 헤어질 때 죽었고, 만날 때 환생한 새로운 사람, 신인新人입니다. 헤어지면 죽은 것이니 함께 있을 때 최선을 다합니다.

25. 미아리와 비아리

서울의 미아리 고개는 6·25동란 이후에 슬픔의 상징이 되고 맙니다. 미아리라는 말은 「비아리」가 변화한 말입니다.

강원도에서는 지금도 산비탈을 비아리라고 합니다. 비아리라는 말은 「빛·알·잇」의 변화어입니다. 겨울에 운동화를 빨아서 수평에 놓고 말리는 것보다 45도 정도 비스듬하게 세워 놓으면 더 잘 마릅니다. 수평보다 비스듬한 곳이 햇볕이 더 잘 쪼입니다. 겨울에 눈도 비탈이 더 빨리 녹습니다.

겨울에 햇볕이 더 잘 비추는 곳이 생명체가 살아가기 좋습니다. 비탈진 곳이 햇볕이 잘 쪼이니 생명체들이 모입니다. 빛·알·잇이란 말은 「생명체의 알들이 이어 있다」입니다. 빛·알·잇이란 말이 「비·아·리」로 변화되고 다시 「미·아·리」로 바뀌어 오늘까지 이어 옵니다. 6·25의 슬픔이 배인 미·아·리를 본래의 말인 빛·알·이로 바꾸어 보는 것도 좋을 듯합니다. 비탈이란 말도 빛알이었습니다. 산이 많은 우리나라, 특히 강원도에는 비아리, 비탈이 많습니다. 그곳에는 생명의 알들이 곱게 이어져 가고 있습니다.

26. 미리내와 용龍

은하수銀河水를 미리내라고 합니다. 「미리내」는 미리+내가 합쳐진 말입니다. 미리는 믿·잇이 어원이니 믿음이 이어라는 말입니다. 내는 천川이니 개울보다 크고 강보다 작은 물길을 말합니다. 미리내는 믿음이 강물처럼 이어서 흐르는 곳입니다.

미리와 뿌리가 같은 말이 「미루」입니다. 「미루어서」 또는 「미르다」로 쓰입니다. 미르, 미루도 「믿·움」 이니 「믿음이 움터난다」는 말입니다. 용龍을 우리 말로 「미르」입니다. 용은 세상에 좋은 일이 생기는 길조입니다. 세상에서 제일 좋은 것은 「믿음」입니다. 옛 사람들은 「미르=믿음」의 세상을 기다렸습니다.

우리나라 곳곳에 많은 미륵 돌부처가 있습니다. 미륵-보살은 도솔천에 살며 56억 7천년 만에 미륵불로 나타나 사람들에게 이롭게 한다고 합니다. 미륵도 「믿음」입니다. 미륵-보살이 사람들을 위하는 것은 사람 세상에, 사람 사이에 믿음이 넘쳐나게 한다는 것입니다. 미리내, 용龍의 우리말인 미르, 사람을 구제한다는 미륵불, 모두 믿음을 움터 내어 이어간다는 말이었습니다. 믿음 없는 세상은 웃음이 없는 세상입니다.

27. 꽃과 코

꽃이 곱다는 것은 누구나 다 압니다. 그러나 꽃이라는 말이 「코」와 같다는 사실은 모릅니다. 꽃의 어원이 「곧」입니다. 꽃은 국기 게양대처럼 수직으로 「곧」다는 뜻입니다. 국기 게양대에 국기가 달려 있지 않으면 곧은 대만 있게 됩니다. 꽃도 송이가 없다면 「ㅣ」자처럼 곧은 대만 덩그러니 있게 됩니다. 우리가 흔히 꽃이라고 말하지만 꽃은 「풀줄기」며 송이는 꽃의 끝에 솟아난 것입니다. 옳은 말은 꽃·송이입니다.

엿을 고거나, 팥을 푹 끓이는 것을 곤다고 하는데 이 말은 「곧」의 과거형 말이며, 뼈를 푹 고은 것을 곰국이라고 하는데 이 말은 「곧」의 현재형 말이며, 화가 나 있는 상태를 「골났다」고 하고, 산과 산 사이이를 「골짜기」라고 하는데 「골」이라는 말은 「곧」의 미래형 말입니다. 골짜기는 언젠가 메꾸어져 곧게 솟아날 것입니다.

사람이 반듯하게 누운 얼굴을 보면 모두 수평인데 코만 곧게 솟았습니다. 「코」라는 말은 「곧」의 변화어입니다. 꽃과 코는 같은 말입니다. 코는 얼굴의 꽃인 모양입니다.

28. 깨닫다와 창조

사람들, 특히 수행자들은 깨달음이 소원입니다. 그러나 깨달음의 현상이 어떤 것인지 모르면 깨닫고도 깨달음을 모를 수 있습니다. 깨달음을 대표적으로 표현하는 것이 「잠에서 깨어나라」입니다. 그러나 그것은 깨달음의 정답이 아니라 일부분입니다.

깨닫다의 「깨」는 「개」의 변화어며 닫다는 「닿·닿」로 같은 말의 중복입니다. 깨닫는 「개·닿」입니다. 먼저 「개」를 분석해 봅니다. 개라는 말의 쓰임은 세 가지입니다.

1. 흐리던 하늘이 「개」다.
2. 이불을 「개」다.
3. 밀가루를 물에 「개」다.

하늘이 흐렸다는 것은 본래의 파랑빛 하늘과 나의 눈 사이에 구름이 있어서 본래의 파랑빛 하늘을 볼 수 없는 상태입니다. 하늘이 개었다는 것은 하늘과 나의 눈 사이를 가로 막고 있던 구름이 사라진 상태입니다. 구름이 사라지고 없으니 본래의 하늘을 볼 수 있습니다. 볼 수 있다는 것은 내 시선이 막힘없이 하늘에 닿아 정말의 하늘, 본래의 하늘을 보는 것입니다.

방바닥에 이불이 펴져 있으면 방바닥이 보이지 않습니다. 본래의 바닥은 이불이 아니라 방바닥입니다. 이불을 「개」면 방바닥을 볼 수 있습니다. 하늘과 방바닥이 본래의 모습, 진리라면 구름과 이불에 가려지면 진리가 보이지 않게 됩니다. 구름과 이불을 개고 나면 하늘, 방바닥이 보입니다. 본래의 진리에 나의 시선이 닿게 됩니다. 이 현상을 「깨닫다」고 합니다.

깨달음의 상태에 이른 사람은 한번 더 변화해야 완성이 됩니다. 깨달음을 이제 막 얻은 사람은 밀가루와 같습니다. 밀가루인 채 있으면 쓰임이 없습니다. 밀가루에 물을 적당이 붓고 잘 「개」면 칼국수, 만두, 수제비로 새롭게 쓰임이 시작됩니다. 깨달음은 진리를 보고 그 진리의 기준에서 생명체에게 이로운 창조를 시작하는 것입니다. 깨달은 사람이란 생명체를 위하여 유익한 창조를 즐겁게 하는 모든 사람들입니다.

29. 갓난아기와 갯마을

　엄마의 몸속에서 방금 태어난 아기를 갓난아기라고 합니다. 「갓난」이라는 말은 「갓·낳」입니다. 「갓」이라는 말은 살갗이라고 할 때의 「갗」과 같습니다. 아기가 엄마의 몸속에 있을 때는 있지만 보이지 않습니다. 보인다는 것은 그의 살갗을 보는 것인데 살갗은 그의 속이 아니라 겉입니다. 「갓·낳」이라는 말은 지금 막 살갗이 보이도록 이 세상에 나왔다는 말입니다. 그러므로 「갓난」아기라는 말은 지금 막 태어난 아기, 새로 태어난 아기, 처음 태어난 아기라는 뜻이 있습니다. 포구에 있는 마을을 「갯·마을」이라고 합니다. 갯·마을은 그 포구에서 처음 생긴 마을이라는 뜻과 이제 막 생긴 마을이라는 뜻입니다.

　이북 지역에서는 장인, 장모를 가시아버지, 가시어머니라고 합니다. 여기에서 「가시」라는 말은 「갓·잇」이라는 말이니 이제 막 생긴 어머니, 아버지라는 말입니다. 나를 낳아 준 부모님은 오래 된 어머니, 아버지며, 혼인과 동시에 생긴 장모, 장인은 이제 막 생긴 어머니와 아버지이니 「갓·어머니」 「갓·아버지」입니다.

선비들이 머리에 쓰는 「갓」도 이제 막 생긴 머리라는 뜻입니다. 갓을 머리에 얹으면 갓의 크기·높이만큼 머리 형태의 크기와 높이도 같아집니다. 갓도 머리로 생각하고 부르기 시작한 것입니다. 김치를 담가 먹는 「갓」도 그 해에 야채 가운데 처음 나온다는 뜻입니다. 「갓난아기」와 「갯마을」은 모두 처음 생겨났다는 뜻을 담고 있습니다.

30. 걷다와 거울

산책을 하는 것을 「걷는다」고 합니다. 가을에 추수를 하는 것을 「가을걷이」라고 합니다. 가을에 추수를 하는 것은 벌판의 논과 밭의 곡식을 집안으로 거두어 들이는 일입니다. 산책을 「걷는다」고 하는 것도 「거두어 들인다」의 의미라고 생각합니다. 서울에서 수원까지 걸어서 간다면, 내가 수원까지 가는 것이 아니라 서울에 서서 수원을 거두어 들이는 것입니다. 이 생각의 뜻은 삶의 속에서 내가 언제나 주체主體라는 것입니다.

거울이라는 말은 「걷·움」의 변화어입니다. 걷·움은 걷우어서 저장했다가 다시 움터낸다는 말입니다. 거울은 상대의 모습을 걷우어 속에 담았다가 다시 상대에게 되돌려 줍니다. 거울과 같은 말이 「겨울」입니다.

31. 글과 그림

글의 어미 말이 「긋」입니다. 긋의 과거형 말이 「근」이며 이 말이 된소리로 하면 「끈」이 됩니다. 땅에 꼬챙이로 선線을 그어 놓은 것을 「금」이라고 하는데 금은 긋의 현재말이며, 글은 긋의 미래말입니다. 끈으로 형태를 만들거나 땅에 금을 그어서 생각을 소통시킨 것이 글로 정착됩니다. 이것을 어떻게 생각하느냐는 질문을 받고 「글쎄?」라고 대답한다면 아직 맞다와 틀리다의 사이에 금을 긋지 않았다는 뜻입니다. 글은 미래에 「금」이 되어 나타날 것입니다.

그림은 「글·잇」의 변화어입니다. 그림이란 글을 이방무늬와 사방무늬로 계속 이어 놓은 것이란 의미입니다. 글이 생각의 표현, 생각의 소통이라면 그림도 생각과 소통의 표현들이 계속 이어져 있는 것입니다. 그림을 못 그린다고 생각하는 사람은 생각만 바꾸면 그림을 잘 그릴 수 있습니다. 그림은 글의 연속 무늬이기 때문입니다.

32. 놀이와 존재存在

「놀이」는 「놓여져 잇다」의 준말입니다. 한문어로 「존재」라고 하면 삶의 무게를 느끼는 멋있는 말이고 「놀이」라고 하면 아이들의 유희쯤으로 생각합니다. 놀이는 「놓여져 잇는」 삶의 연습입니다. 「놀」이라는 말이 「놓」의 미래말이기 때문입니다. 놀이를 잘 하면 충분히 잘 「놓여져 이어」 가기 때문입니다.

요즈음 사람들이 힘들다고 합니다. 그것은 「놀이」에 무지해졌기 때문입니다. 「놀·이」가 「놀」자와 「일」하자로 나누어졌습니다. 놀이는 따로 나뉠 수 없습니다. 놀과 일이 따로 나뉘면 놀기만 해서 힘들고 일만 해서 힘이 듭니다.

놀이는 이벤트가 아니라 일상입니다. 놓여 이어 있는 삶의 모범은 나무입니다. 나무는 놓여 이어 있는 것만으로 성장합니다.

존재는 있을 존存, 있을 재在이니 잇고 또 잇는다는 말인데, 놓여 있지 못한 상태에서 잇고 또 이어 보았자 공허하기만 합니다. 나무와 사람 모두 이 땅에 튼실하게 놓여 있을 때, 삶이 안정됩니다. 안정은 성장의 발판입니다. 놀이는 「놓여져 이어 있다」입니다. 놀기만 하거나 일만 하는 풍토를 바꾸어야 합니다.

33. 너나들이와 초월超越

진정한 벗과 벗의 관계를 「너나들이 사이」라고 합니다. 너나들이의 본래말은 「넣·낳·들·잇」입니다. 내가 벗에게 오늘 저녁식사를 대접합니다. 대접한 현상을 나의 관점에서 보면 벗에게 「넣어 준 것」이며 벗의 관점에서 보면 나에게서 「나온 것」입니다. 「나온 것」이란 말이 "「낳」는다"와 같습니다. 이것을 함축해서 정리를 하면, 오늘 저녁식사를 내가 낳았고, 내가 낳은 식사를 벗에게 넣어 준 것입니다.

하루 후에, 벗이 나에게 저녁식사를 대접합니다. 이 현상도 주체와 개체만 다를 뿐 낳고, 넣고의 상황입니다. 품앗이 하듯이 너와 내가 하루씩 역할을 바꾸어 마음과 물질을 주고 받는 것, 그것이 「넣고, 낳」는 사이, 너나들이 사입니다.

너나드리 사이는 수평 관계입니다. 신神과 사람은 수직 관계이기 때문에 사실적으로 주고받을 수 없습니다. 위에서 아래로 떨어뜨릴 수는 있어도 아래에서 위로 던질 수는 없습니다. 너나들이의 사이는 보통 사이를 초월한 관계가 아니라 가장 사람다운 수평의 관계입니다.

초월은 넘을 초ㅤ와 넘을 월越입니다. 「넘을」이라는 말은 「넣다」입니다. 어떤 사람이 고개를 넘고 있습니다. 고개마루에 오르는 동안은 넣어지는 상황이며, 고개마루에서 저편 고개로 내려가 보이지 않는 순간, 넣어진 상태가 됩니다. 고개 너머로 사라졌던 사람이 다시 이쪽 고개로 나타나 걸어 오면 그 현상은 「낳」은 상태입니다. 초월은 계속 넣어지는 상태이지 나왔다 넣었다 반복하는 상태가 아닙니다. 초월의 상태는 돌아올 수 없는 공간으로 넣어진 것입니다. 그것은 일상의 삶이 아닙니다.

우리는 벗과 벗 사이처럼 공간과 시간을 넘나들이하며 삽니다. 안방에서 건넌방으로 넣어지고 다시 건넌방에서 안방으로 나오며, 집에서 회사로 넣어졌다가 다시 집으로 넣어집니다. 우리들의 삶에서 초월을 생각한다면 평온과 평범은 없습니다. 너나들이 삶이 좋습니다.

34. 나와 너

　너나들이에서 말한 것처럼 나는 낳는 주체, 창조자입니다. 너는 「넣」이니 내가 낳은 것, 창조품을 넣어 두는 곳입니다. 내가 일을 해서 생긴 이익은 나 혼자만의 것이 아니라 너의 것이기도 한 것입니다. 나는 「낳는 자」며, 너는 내가 낳은 것을 넣어 두는 아름다운 금고입니다.

　날ㅂ이라는 말도 「낳」이며, 나이라는 말도 「낳·잇」입니다. 오늘, 내일, 모레 모든 날들은 낳는 공간과 시간들이니 내일은 희망 그 자체입니다. 나이는 낳아서 이어진 마디들입니다. 나이가 아무리 많아도 낳는 일, 창조를 하지 못했다면 나이는 0살입니다.

35. 느낌과 감동感動

느낌의 본래말은 「놓·깃」 입니다.

「놓」이라는 말은 「오줌을 누다」처럼 안에 있던 것이 밖으로 나오는 현상이며 「깃」은 깃들다처럼 밖으로 나온 것이 보이지 않게 어느 곳에 젖어 들어 있는 현상을 말합니다.

빛魄이 육체화하면 마음으로 변화하고, 마음이 쓰임으로 전환되면 느낌으로 변화하고, 느낌이 쓰임으로 전환되면 밖으로 나오는데 이것을 생각이라고 합니다. 생각으로 전환되면 말과 행동을 하게 됩니다. 느낌은 마음에서 나와 몸 속의 파장 속에 깃듭니다. 파장 속의 느낌이 생각으로 전환하여 몸 밖으로 나오면 언·행이 됩니다.

감동感動은 느낄 감感과 움직일 동動입니다. 움직임을 느끼는 것이 감동인데 여기에서 움직임이란 돌이 굴러가는 것이 아니라 생명체의 마음, 느낌을 말합니다. 생명체는 파장이 있는데 이 파장을 느끼는 것을 감동이라 합니다. 생명체의 마음, 느낌의 움직임 외의 것을 보고 감동을 받았다고 하면 틀린 말입니다. 다이아몬드의 아름다움에 감동을 받았다는 말은 틀린 말입니다.

　느낌과 같은 말이 「누리」입니다. 누리의 본래말이 「놓잇」입니다. 우리말에 국경國境이라는 말은 없습니다. 온 국경 안에 눈이 내린다고 하지 않고, 온누리에 눈이 내린다고 합니다. 국경은 나라와 나라 사이의 경계선입니다. 누리는 같은 느낌으로 하나의 문화를 창조하며 사는 사람이 있는 곳, 그들이 함께 사는 모든 공간을 누리라고 합니다. 같은 느낌을 「누리」며 사는 사람들의 세상이 「누리」입니다.

36. 높다와 낮다

「높다」라는 말은 「놓다」의 변형어며 「낮다」는 「낳다」의 변형어입니다. 사람들은 모두 자신의 신분이 높아지기를 원합니다. 신분이 아무리 높아져도 삶은 언제나 그 자리에 놓여져 있습니다. 하늘을 높게 멀리 나는 새도 새끼를 낳고 키우는 일상의 삶은 이 땅에 놓여져 이어집니다.

빛魂은 하늘에서 살지만 빛이 육체를 갖고 살려면 이 땅으로 낳아져 와야 합니다. 하늘에 비하면 이 땅은 낮은 곳입니다. 낮다와 낳다가 같은 말이니 낮은 곳이 아니면 생명을 낳을 수 없습니다. 낮은 곳에 있지 않으면 진정한 창조를 할 수 없습니다.

낮고 낮은 곳을 「바닥」이라고 합니다. 받아, 바다, 바닥은 같은 말입니다. 바다는 바닥에 있기 때문에 모든 물을 받아들여서 생명을 위한 창조를 쉬지 않고 할 수 있습니다. 바다, 낮은 곳이 창조의 곳입니다. 낮은 곳에 놓여져 이어 있을 때 창조의 사고가 샘솟습니다.

37. 들과 틀리다

산山 밑의 평평하게 넓은 평야를 「들」이라고 합니다. 평야를 「들」이라고 하는 것은 산을 「들」어 주고 있기 때문입니다. 집의 마당을 「뜰」이라고도 합니다. 뜰이라는 말은 들이 소리가 세어 졌을 뿐 같은 말입니다. 뜰은 집을 「들」어 주고 있습니다.

상담相談의 제1덕목은 상대의 말을 잘 「들어」 주는 것이라 합니다. 그러나 그것만으로는 부족합니다. 진정한 상담은 나의 눈 높이만큼 두 손으로 그를 「들」어 올려 주는 것입니다. 함께 살 사람, 손님을 집에 오게 하는 것을 "「들이」다"라고 합니다. 나의 집에 상대를 「들」이는 것은 나의 집에 상대를 넣어 주는 물리적 현상만이 아니라 상대를 「들」어 주는 현상, 존중하는 마음을 나 타내는 것입니다.

수학 문제를 풀면 답이 있습니다. 답을 맞았다, 틀렸다고 말 합니다. 그러나 수학문제의 답을 틀렸다고 하는 것은 잘못된 표 현입니다. 맞았다와 틀렸다는 O와 X가 아니기 때문입니다.

틀렸다는 말은 「들」렸다의 변화어입니다. 나무가 들리면 뿌 리가 뽑혀 생존이 위험합니다. 집의 기둥이 들리면 허물어질 위험이 있습니다. 삶의 정답은 O, X가 아니라 「놓여져 있는가, 들렸는가」입니다. 일상은 놓여져 있는 것이며 이벤트는 들려 있는 것입니다.

스님들이 사망하고 난 뒤 모시는 곳의 이름이 부도浮屠라고 합니다. 부도가 뜰 부, 죽일 도이니 「들뜨는 것을 죽인다」는 뜻입니다. 스님들은 죽은 후에도 마음이 들뜨는 것을 금기로 한 것입니다. 다른 사람들을 존중하여 들어 올려 주려면 산을 들어 주고 있는 평야처럼 나는 낮게, 아주 낮게 놓여 있어야 가능합니다.

38. 딸과 아들

딸이란 말은 달의 된소리 말이며, 달의 씨앗말은 달, 닿입니다. 빨리 달리는 것을 내닫다고 하는데 이것은 빨리 닿는다는 뜻입니다. 닿다의 결과는 도착이며 완성입니다. 혼이 엄마의 자궁에 열 달 동안 있다가 탄생한 현상을 「이 땅에 닿았다」라고 표현합니다. 「닿」이 변화하여 땅이라는 말이 됩니다.

아들은 「알이 움트다」입니다. 아들은 이제 생명체의 알로 엄마의 자궁에 있는 상태입니다. 딸은 이미 태어나 이 땅에 닿아 놓여져 있는 완성 상태, 아들은 엄마 자궁 속에 알로 있는 미숙 상태입니다.

말ᄅ이 만들어지던 시대, 그때는 여성 상위 시대임이 확실했던 증거의 말이 딸과 아들입니다.

39. 다리다와 단升

다리다란 말은 한약을 다리다, 엿을 다리다처럼 솥에 한약이나 엿의 원료와 물을 붓고 불을 때서 졸이는 것을 말합니다. 다리다란 말은 「닿·잇」입니다. 한약을 다리고 또 다리면 한약재가 가지고 있는 엑기스가 나옵니다. 닿아 이었다는 것은 한약재의 엑기스에 닿았다는 말입니다. 엿이 만들어졌다는 것도 엿기름과 쌀이 뜨거운 물속에서 엿의 엑기스가 나와 결정체가 된 것입니다. 결정체가 닿아 잇게 된 결과물입니다.

사람의 다리는 사람의 몸이 땅에 「닿아 이어」 있다는 뜻이며, 강에 놓여진 다리도 이편과 저편의 땅이 「닿아 이었다」는 말입니다. 일본말로 탁상을 「다이」라고 하는데 그 말도 「닿아 이었다」입니다. 땅이 탁상만큼 높이 닿아 이었다는 뜻입니다.

이북에서는 개고기를 「단」고기라고 합니다. 단이라는 말도 다리다의 변형어입니다. 음식을 할 때 열이 과하여 타는 듯한 냄새를 「단」내라고 합니다. 빨래를 해서 구김이 간 옷을 다림질하는 것을 다리다라고 합니다. 구김을 반듯하게 펴서 본래의 수평에 닿게 했다는 말입니다. 배를 고정시키는 「닻」도 바침이 틀릴 뿐 「닻」입니다. 배를 고정, 안정시켰다는 것은 땅에 닿게 한 현상과 같기 때문입니다.

단전호흡이라고 할 때의 단(丹)은 붉을 단이라고 하지만, 우리 말로 하면 다리다입니다. 단전호흡이란 들뜨고 거칠어진 숨을 한약을 다리고 다리듯이 깊고, 길고, 가느다란 호흡으로 만드는 것입니다. 숨이 조율이 잘 되면 빛(魂)에 닿게 되고 진리에 닿게 됩니다. 육체와 혼의 사이에 다리가 놓이게 됩니다.

40. 덧니와 데릴사위

덧니는 어린 이를 제때에 뽑지 않아 어른 이가 덧나오는 상태입니다. 이불을 덮다, 날씨가 덥다, 물건을 덤으로 더 받았다란 말에서 덮, 덥, 덤은 모두 「덛」의 의미입니다. 이불은 사람의 몸 위에 덛씌워진 것이며, 덥다는 것은 이불을 쓰고 있는 것처럼 느낀다는 것이며, 덤은 약속한 물건 외에 더 얹어 받은 것입니다. "「더」 많이"라고 할 때의 「더」도 「덛」입니다.

데릴사위의 데릴도 본래말이 「덛·잇」입니다. 좋게 말하면 울타리와 이불처럼 「덛」쳐져 있거나 「덛」 얹혀져 있어서 속의 것을 보호하는 역할이기도 하고, 나쁘게 말하면 덧니처럼 있으나마나한 것이거나 덤처럼 하나 더 공짜로 얻어온 것이란 뜻입니다.

41. 색동옷과 빅토리

색동옷이라는 말은 색色과 동옷의 합성어인데 색은 한문어며 동옷은 우리 말입니다. 색은 우리말로 「빛」입니다. 색즉시공이라는 말이 있습니다. 이 말은 색色=공空은 같다는뜻입니다. 얼굴색이 좋다고 말한다면 보이지 않는 색色을 보았다는 이야기입니다. 색은 공이니 빈 것을 보았다면 말을 잘못 사용했거나 초능력자일 것입니다.

색色은 빛이니 색동옷은 「빛이 돋아 이은 옷」이라는 뜻입니다. 빛이 돋아 이었다를 합축시키면 「빛·돋」이 됩니다. 색동옷을 우리말로 하면 「빛돋이」옷입니다.

우리 말이 혼란하고 혼탁하게 쓰이는데, 많은 말 가운데 색色을 바로 잡아야 합니다. 얼굴색은 얼굴빛갈이 맞습니다. 색이 곱다고 하지 말고 빛깔이 곱다고 해야 맞습니다. 색=빛은 혼이며 빛깔은 생명체의 살갗이기 때문입니다.

빛돋이와 소리가 비슷한 말에 「빅토리victory」가 있습니다. 승리란 뜻입니다. 빅토리를 우리 말 식으로 풀어 보면 씨앗말이 「빛·돋·잇」입니다. 우리말의 빛·돋이는 생명체가 돋아나서 이어 가는 것은 생명체들의 울림이 서로 서로 도와 주고 북돋아 주어 함께 살아 간다는 뜻입니다. 영어의 빅토리는 삶에서 승리한 생명체만 살아 남는다는 뜻이 있습니다. 빛돋이와 빅토리란 말 속에서 우리와 서양인의 삶의 기준이 보여서 재미있습니다.

8.
생명의 노래, 말ᄅ의 아름다움

우리 말은 세계 최고의 경전입니다

아기의 삶의 노래

　　　　　　　　　　엄마가 아기와 함께 놀고 있습니다. 도리도리도 하고, 꼬두꼬두도 합니다. 그러다가 싫증이 나면 쟘쟘도 하고 섬마섬마도 합니다. 이것을 지금 사람들은 엄마와 아기가 놀이를 통해서 몸의 발육과 뇌의 성장을 촉진시키는 운동이라고 말합니다. 20%쯤 맞는 말입니다. 아기와 엄마가 함께 하는 그 놀이들은 육체의 성장을 돕는 것 외에 아기가 어른이 되었을 때 이 세상을 살아가는 기준이 담겨 있습니다. 삶의 기준이 없다면 닻이 없는 배와 같습니다. 옛날 그 옛날의 어른들은 삶의 기준을 아기 때부터 놀이를 통하여 전수하여 주었습니다. 그 놀이 속에 어떤 삶의 기준이 있는지 보겠습니다.

　　먼저 도리도리입니다. 도리도리 어원은 「돌·잇」입니다. 돌아 내어 이어 가다란 말입니다. 돌아 낸다는 말은 창조創造입니다. 창조된 창조물을 오랫동안 이어가도록 하는 사람이 되라는 염원이 담긴 말이 도리도리입니다.

다음은 꼬두꼬두입니다. 꼬두꼬뚜의 어원은 「곧·움」입니다. 이 말은 「곧게 움터 내다」입니다. 도리가 창조하여 이어가는 것인데 꼬두는 창조와 잇는 것을 어떻게 해야 옳은 것인지 말하고 있습니다. 창조도 곧게 움트게 하고, 이어 가는 것도 곧게 움터 존재하게 하라는 말입니다. 곧다는 것은 정직正直한 마음 외에, 삶의 과정을 순서대로 거치면서 살아가는 것을 말합니다. 1학년에서 3, 4학년으로 월반하거나 추월하지 않는 것입니다. 곧게 움터 내는 삶은 요령이 아니라 우직한 삶입니다.

지방에 따라 꼬두꼬뚜를 섬마섬마, 따루따루라고도 합니다. 섬마는 「서서 맞이하다」입니다. 겸손을 의미하기도 하고 홀로 서기, 자립自立을 의미하기도 합니다. 따루는 닿·움입니다. 이 땅에 튼실하게 뿌리를 내리고 움터 내는 일, 창조를 하라는 뜻입니다. 「닿아 있다」는 「들떴다」와 대비되는 말입니다. 귀신에 들린 듯 들뜨지 말라는 뜻입니다.

끝으로 쟘쟘은 잠잠의 변형어입니다. 도리도리, 돋아 내고 또 돋아 내어 오랫동안 이어 내고, 꼬두꼬두, 곧게 또 곧게 움터 내는 일을 하되, 시끄럽게, 거칠게 하지 말고 잠자듯, 또 잠자듯 일을 하라는 말입니다. 잠자듯 일을 한다는 것은 이벤트가 아니라 일상적인 모습입니다. 잠이 변하여 「참」이 됩니다. 참은 진리眞理라고 합니다. 창조와 일상을 잠자듯이 사는 것이 삶의 기준이며 진리라는 것을 놀이로 아이에게 가르쳐 줍니다.

사람이 살아가는 「기본 품격」을 아기는 다 배웠습니다. 이 다음에 커서 일상생활을 유지할 기술 한 가지만 배운다면 완벽합니다. 도리도리, 꼬두꼬두, 쟘쟘은 아기는 물론 어른들도 함께 불러야 할 삶의 기준의 노래며 생명의 놀이입니다.

신과 여성의 호칭 변화

신기하게도 신神과 여성의 호칭은 함께 변화합니다. 신과 여성의 호칭이 함께 변화하는 원인과 변화 과정의 재미를 느끼려면 말ㄹ의 생성 과정을 다시 한 번 보아야 합니다. 신과 여성의 호칭 변화는 말이 생기는 변화와 같습니다. 말ㄹ의 생성 과정과 순서를 봅니다.

1. ㅂ = 빛(魂) = 하늘에 삽니다.
2. ㅇ = 알(卵) = 엄마 자궁에 삽니다.
3. △ = 살(肉) = 우리의 몸 속에 있습니다.
4. ㅁ = 몸(體) = 땅 위의 우리의 몸입니다.

1번 신과 여성의 호칭

학자와 전문가가 아니더라도 보통사람들이 알 수 있는 신神

과 여성의 호칭을 찾아서 비교해 봅니다. 먼저 빛魂을 말하는 「ㅂ」의 신칭과 여성의 호칭을 찾아 보겠습니다.

인도의 신칭에 브라만, 부시누와 서양의 비너스, 바카스가 있습니다. 한국인의 시조의 이름이 환인桓因입니다. 환인은 「빛 잇」이 본래의 말입니다. 여성의 호칭으로 서양의 버진virgin, 우리 말로는 바리가 있습니다. 비바리, 냉바리, 경상도 어느 지방에서는 처녀를 꽃비리라고 합니다. 버진, 바리, 비리, 이것이 여성의 호칭입니다.

2번 신과 여성의 호칭의 변화

비너스가 아프로디테로 바뀝니다. 브라만과 부시누가 현신現身한 것을 아바타라고 합니다. 신칭이 「ㅂ」의 말에서 「ㅇ」의 말로 바뀝니다. 회교도의 신은 「알라」, 바이킹족의 신은 「오딘」, 에집트의 신은 「앙크」입니다.

여성의 호칭도 「ㅂ」에서 「ㅇ」으로 바뀝니다. 버진, 바리에서 「우먼」, 「아가씨」, 「아주머니」, 「어머니」로 바뀝니다. 말ᆯ의 생성 과정에서 빛魂이 알로 변화하는 과정과 꼭 같습니다.

4번 신과 여성의 호칭의 변질

3번의 「ㅅ」과 「ㅈ」의 신과 여성의 호칭은 흔하지 않아 생략
하고 4번으로 왔습니다. 브라만, 부시누, 비너스의 「ㅂ」에서 오
딘, 알라, 앙크의 「ㅇ」의 말로 바뀌었던 신의 호칭이 「ㄱ」의 말
로 바뀝니다. 「ㄱ」은 「ㅁ」에서 나왔으니 4번의 말입니다. 「ㄱ」
의 신칭으로 서양의 「갇God」, 일본의 「가미」, 네팔의 「가이」가
있습니다. 우리도 이때쯤 「대감」, 「왕검」이란 말을 사용합니다.

신칭의 변화와 마찬 가지로 여성의 호칭도 「ㅂ」에서 「ㅇ」, 그
리고 「ㄱ」의 말로 바뀝니다. 서양의 「걸girl」우리의 「가시내」, 「계
집」, 「가이」란 말이 쓰이기 시작합니다. 이 변화들을 알아 보기
쉽게 도표로 정리해 봅니다.

구분	신의 호칭	여성의 호칭
1	비너스, 브라만, 부시누, 바카스, 빛잇	버진virgin, 바리, 비리
2	아프로디테, 아바타, 알라, 오딘, 앙크	워맨, 아가씨, 아주머니, 엄마
3		
4	갇God, 가미, 가이	걸girl, 가시내, 가이

신神의 호칭이 1, 2, 3, 4로 변화하였지만 신神은 처음의 그 신입니다. 신은 처음 그대로 있지만 시대에 따라 사람들이 신神을 인식하는 지적 수준의 변화에 따라 신의 호칭이 바뀌게 된 것입니다. 이 변화를 보면 눈에 보이지 않는 것에서 눈에 보이는 대상을 신으로 삼았으니 사람의 지적 수준은 점차 퇴화하고 있음을 알 수 있습니다.

여성의 호칭도 하늘에 있는 빛魂에서 땅에 태어난 사람의 몸으로 바뀐 것이 신의 호칭의 변화와 같습니다. 다른 것이 있다면, 신의 호칭의 변화는 사람들의 지적 수준의 저하로 본다면 여성 호칭의 변화는 여성의 아름다움을 상실한 여성들이 자초한 측면이 있습니다.

소牛의 잔등에 짐을 하나 가득 실어 놓은 것을 「한 바리」라고 합니다. 여성의 호칭이 바리였으니 소의 잔등에 여성 한 사람이 타고 있다는 것입니다. 여성의 값이 소의 잔등에 가득 실린 물건, 이를테면 쌀 몇 가마니와 같다는 뜻입니다. 여성의 권위가 땅에 떨어졌던 시대의 말입니다. 그리고 여성 비하의 살아 있는 증거의 말이기도 합니다.

신칭과 여성의 호칭이 같았고 함께 변화하여 왔다는 것은 신과 여성은 한때 같은 등급이었음을 나타내는 것입니다. 신의 호칭이 바뀌어 오면서 신의 아름다움도 많이 훼손되었지만 여성의 아름다움은 더 많이 훼손되었습니다. 신과 여성 모두 아름다움을 회복했으면 참 좋겠습니다.

하루와 한 해의 마디 호칭

　　　　　　　　하루와 한 해의 마디 호칭을
설명하기 전에 이해하기 쉽도록 생명체의 생성 과정을 간단하
게 정리합니다.

　혼魂= ㅂ의 말

　알卵= 엄마 자궁에 잉태

　하루의 마디를 크게 나누어 보면, 밤, 아침, 낮, 저녁입니다.
이것을 도표로 그려봅니다.

　밤이라는 말은 빛魂입니다. 아침은 「알·잇」입니다. 낮은
「낳」의 변화어며 저녁은 「젖·넣」의 변화어입니다. 이 말들을
혼의 원순환 여행으로 재구성하여 봅니다.

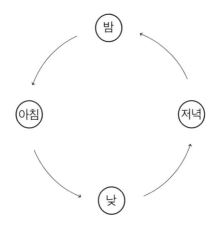

혼(밤)이 엄마 자궁에 아기(아침)로 잉태하여 열 달 만에 이 세상으로 태어나서(낮) 아이, 소년, 청년, 장년, 노년으로 한평생을 재미있게 살다가 저 하늘에 혼으로 환원되어 젖어들어서 넣어졌다(저녁)는 이야기가 됩니다. 다음은 한 해의 마디 호칭을 볼 차례입니다.

한 해의 마디는 봄, 여름, 가을, 겨울입니다. 봄은 「빛魂」이며, 여름은 녀름→「넣·움」이며 , 가을은 「갖·움」이며, 겨울은 「걷·움」이 본래의 말입니다. 이 말들도 하루의 마디처럼 도표로 그려 봅니다.

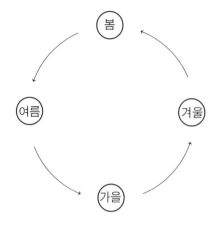

봄(빛·혼)

　혼이 엄마의 자궁에 수태되어 잘 자라고 있습니다. 혼이 엄마의 자궁에서 자라고 있기 때문에 초봄엔 볼 것도 없고 을씨년스럽습니다. 봄은 아기의 엄마가 감정의 기복이 심하듯 날씨도 변덕스럽고, 따뜻하지만 쌀쌀하며 축축합니다. 그래도 아기는 잘 자라고 있습니다.

여름(넋·움)

　엄마의 자궁에서 자라던 아기가 태어났습니다. 이 세상에 나왔다는 것은 하늘의 관점에서 보면 넣어진 것입니다. 이 세상에 넣어진 아기는 자랍니다. 자라나는 것을 움튼다고도 합니다. 여름은 생명체들이 넣어져 움트는 계절이기 때문에 산과 들이 푸르름으로 가득합니다.

가을(갗 · 움)

넣어져 움튼 생명체들이 익어나서 본래의 그들의 빛깔, 그들의 살갗을 내보입니다. 「갗」은 「살갗」이며, 「움」은 「움트다」이니 가을이 아름다운 것은 생명체들의 살갗을 움터 내는 계절이기 때문입니다. 온 산과 들은 울긋불긋 곱습니다.

겨울(걷 · 움)

겨울의 산과 들은 텅 비어 있습니다. 오곡백과는 수확이 되어 창고에 쌓여졌습니다. 수확을 「거두다」라고 합니다. 겨울은 「걷우어 들임」이 끝난 계절입니다. 생명체를 하늘에서 거두어 들였다고 하면 죽음을 뜻합니다. 겨울은 죽음의 계절입니다. 그러나 그것은 겉으로 보이는 현상일 뿐, 겨울의 죽음 속에 앞으로 움터 낼 생명들의 씨앗이 눈에 보이지 않게 준비되어 있습니다.

겨울은 「걷우어 움터 내는」 계절이니 죽음과 새로운 생명의 시작이 맞닿아 있는 계절입니다. 거두어 들인 것을 다시 움터 내지 않으면 썩거나 포화 상태 때문에 질식해 죽고 맙니다. 겨울은 생명을 갈무리하는 계절이며 생명을 움터 내는 계절입니다. 겨울이 갈무리하던 생명을 움터 내니 다시 봄이 돌아 왔습니다.

하루의 마디도 원圓으로 돌고 돌아 끝없이 회전합니다. 밤→아침→낮→저녁으로 이어져 또 밤이 시작됩니다. 이것은 빛(혼·밤)이 잉태되어 낳고, 성년이 되어 놀다가 늙어 죽으면 또 태어나고, 또 죽고 또 태어나는 원순환의 환생 고리입니다.

하루의 마디와 1년의 마디가 생명체의 원순환 삶, 환생고리와 똑같습니다. 원圓사상은 다른 종교들 이전에 한국 사람들이 하루와 1년의 계절 마디를 이렇게 호칭할 그때부터 비롯되어 왔습니다. 하루의 마디, 1년의 마디 호칭은 생명의 아름다운 원순환의 노래입니다.

생명 노래의 절정, 숫자

하나, 둘, 셋, 넷, 이렇게 숫자
를 헤아려 보면 숫자 외의 아무런 감동을 받을 수 없습니다. 그
냥 수를 헤아리는 기호에 지나지 않습니다. 그러나 숫자 말이
지니고 있는 속뜻을 알고 나면 큰 감동을 맛볼 것입니다. 하루
와 한 해의 마디 호칭이 생명의 원순환圓循環운동을 단편적이고
평면적으로 나타낸 말이라면 하나, 둘, 셋은 생명의 원순환 운동
을 복합적이며 입체적으로 그려 놓은 말입니다.

하나 : 「하나」라는 말은 「한알」이 변한 말입니다. 한알은 생
명의 알, 혼魂을 말하며 우리의 본래 말로 하면 「빛알」입니다. 여
기에 하나의 생명의 알, 혼이 있습니다.

둘 : 한알의 생명의 알이 두 개로 나뉘어 어딘가에서 기다리
고 있습니다. 둘이라는 말은 「둠」의 뜻도 있습니다. 「둠이란 입
지 않는 옷을 옷장 속에 잘 넣어 두는 것처럼 고이 모셔 놓는다

는 뜻입니다. 고이 모셔 두었던 둘로 나뉜 생명, 정자와 난자가 어느 날, 만났습니다.

셋 : 셋이란 말은 「섯·잇」의 변화어입니다. 우리는 흔히 임신한 현상을 애가 「섰」다 혹은, 애가 「들어섰다」고 말합니다. 아기가 엄마의 자궁에 열 달 동안 계속 있는 상태를 「섯·잇」이라고 하였습니다. 셋이란 말은 아기가 엄마의 자궁에 들어서서 이어 있다는 말입니다.

넷 : 아기가 열 달이 지나면 태어납니다. 아기의 탄생은 하늘의 관점에서 보면 이 땅에 「넣」는 것이 되며, 이 땅의 사람들 관점으로 보면 「낳」는 것, 나오는 것이 됩니다. 「넷」이란 말은 「넣·잇」이었습니다. 「넣어져 이어 있다」입니다. 넷의 공간空間은 하늘과 이 땅을 잇는 긴 터널을 의미합니다. 하늘에서부터 이 땅에 도착하는 「넷」이라고 하는 터널은 열 달 동안 달려야 빠져 나올 수 있는 아주 긴 터널입니다. 아기는 이제 하늘에서, 엄마의 자궁에서 이 땅으로 넣어지려고 터널의 끝자락에서 안간힘을 쓰고 있습니다.

다섯 : 아기가 태어났습니다. 열 달을 달리고 달려서 이제 막 이 땅에 도착했습니다. 다섯의 본래말은 「닿·얼」입니다. 이 말

은「닿·알」뜻입니다.「닿」은 닿다, 도착의 의미와「땅」이라는 뜻도 있으니「땅에 닿았다」입니다.「알」은「아기」를 말하니「닿·알」은「아기가 땅에 닿았다」는 말입니다. 하늘에서 왔으니 비행기가 착륙을 했을 때 쓰는 표현이 쓰였습니다. 비행기의 착륙이「땅에 닿았다」입니다. 땅에 닿은 아기는 무럭무럭 잘 자라게 됩니다.

여섯 : 여섯은「넣·얻」이고, 이 말은「넣·알」이니「넣어진 알」,「넣어진 아기」란 말입니다. 엄마의 자궁에서 이 땅에 도착할 때「넷」이란 터널을 통과했습니다. 아기가 또 길고 긴 터널 속에 넣어졌나 봅니다. 아기가 성년이 되려면 20년간 유년과 소년기를 거쳐야 합니다. 여섯의 관문은 아기가 유년과 소년을 보내는 동안을 터널 속을 통과하는 것으로 보았습니다. 요즈음 조산早産을 하면 인큐베이터에 아기를 넣어 두듯이, 아기를 성년이 될 때까지 인큐베이터에 넣어 두었다는 이야기입니다.「넷」의 터널은 약 열 달 걸려서 통과를 하였는데 이번 터널은 약 20년 걸리는 길고 긴 터널입니다. 아기는 20년이나 걸리는 터널, 인큐베이터 안에서 건강하게 유년에서 소년의 계절로 접어 들어 잘 자라고 있습니다.

일곱 : 오늘, 20년 전에 터널 속에 들어갔던 아기가 성년이 되어 터널 밖으로 나오는 날입니다, 성년식이 성스럽게 열리고 있습니다. 성인식은 유·소년의 터널을 무사히 빠져나왔음을 축하하는 날이기도 합니다. 일곱이란 말은 「잇·곧」이 변한 말입니다. 「이었다, 곧게」란 말인데 이었다면 무엇을 곧게 이었을까요? 그것은 빛魂입니다. 사람은 빛일 때부터, 어른이 되었을 때의 육체와 정신(성품, 성격)이 어느 정도 프로그램화 되어 있어서 어른이 되면 그 프로그램이 곧게 나타나게 됩니다. 「잇·곧」이란 혼에 내장되어 있던 프로그램을 곧게 이어 완성되었다는 말입니다. 이제 어른이 되어 결혼도 하고, 일도 하고, 아이도 낳고, 어른의 삶을 열심히 살아가게 됩니다.

여덟 : 여덟이란 말은 「넣·얼」이 변한 말입니다. 「넣어진 알」입니다. 어른으로 삶을 활기차게 살아가던 그가 또 터널에 「넣」어졌습니다. 어른의 계절은 청년, 장년, 노년이 있습니다. 청년과 장년의 삶, 사람의 절정기 삶을 다 보내고 만년이 되어 노년의 삶이 시작되었다는 뜻입니다. 장년의 삶이 끝난 그는 또 다시 10년이나 20년을 달려가야 끝날 수 있는 터널로 들어갔습니다. 혼이 하늘에서 출발하여 오늘까지 벌써 「넷」, 「여섯」에 이어

「여덟」의 세 번째의 터널에 들어갔습니다. 이번 터널에서 빠져 나오면 어떤 세상이 기다리고 있을까요?

아홉 : 아홉이란 말은 「알·움」 변화어입니다. 「알」은 아기를 말합니다. 생명체의 알, 엄마의 자궁 속에 있을 때 아기의 현상이 「알卵」입니다. 알이란 생명이 속에 있지만 껍질 때문에 보이지 않는 상태를 말합니다. 달걀 속에 병아리는 있지만 껍질 때문에 보이지 않고, 엄마의 자궁 속에 있는 아기는 엄마의 몸이 껍질이 되어 아기가 보이지 않습니다. 소년·청년·장년·노년을 지난 사람이 앓아 누우면 집 안에서 밖으로 나올 수 없습니다. 집 안에만 누워 있으니 집 밖의 사람들은 그를 볼 수 없습니다. 앓아 누운 사람은 집이 알이며, 알의 껍데기입니다. 「아홉」이란 「알·움」이며 「알로 다시 움터났다」입니다. 집 안에서 지난 과거의 희, 노, 애, 락을 되새기며 죽을 날을 기다리고 있습니다.

열 : 죽었습니다. 열이란 말은 「넣」의 변화어입니다. 하늘에서 이 땅에 태어날 때는 나왔다고 해서 「낳는다」라고 했습니다. 이번에는 이 땅에서 하늘로 들어 가니 「넣는다」고 합니다, 하늘에 있는 혼들이 보면 「새로운 혼이 나왔다」고 할 것입니다.

사람이 죽으면 넣는 「널」도 「넣」의 변화어입니다. 단오날 처녀들이 노니는 「널」뛰기도 「넣」입니다. 한 번씩 번갈아 공중에 솟아오릅니다. 「솟아오른다」의 또 다른 표현이 「공간에 넣어진다」입니다. 한평생을 살아온 그가 죽었습니다. 혼은 하늘에 넣어졌고, 그의 육신은 「널」에 넣어져 땅속에 넣어졌습니다. 그는 세 번 넣어지고 삶의 끝을 맺었습니다. 그러나 한 순환은 끝이 났지만 그는 또 한 알의 생명이 되어 둘로 나뉘어 있다가 다시 셋다가 넣어져 이 세상에 다시 올 것입니다. 이것이 하나, 둘, 셋, 넷에 담겨진 우리말이며 생명의 노래입니다. 이 이야기들을 종합하여 간략하게 정리해 봅니다.

1. 하나=한알의 생명이
2. 둘=정자 · 난자로 나뉘어 있다가
3. 셋=엄마의 자궁에 수태되어
4. 넷=이 땅에 넣어질 준비를 하고
5. 다섯=이 땅에 도착하여
6. 여섯=유년 · 소년 시기를 보내며
7. 일곱=완숙의 어른의 삶을 살고
8. 여덟=노년의 삶으로 전환이 되고

9. 아홉=집안에 앓아 눕게 되고

10. 열 =하늘나라로 넣어지다.

이것을 다시 도표로 그려 봅니다.

만일 사람의 삶이 한 살이로 끝이 나고 만다면 도표는 선線으로 만들어질 것입니다. 하늘에서 수직으로 내려와 수평으로 살다가 영원히 끝이 납니다.

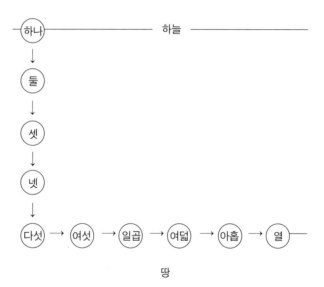

그러나 삶은 영원합니다. 동그라미 고리로 연결이 되고 또 연결되고 죽으면 또 새로운 삶이 이어집니다. 그러므로 이것을 도표로 그려 놓으면 원圓이 됩니다.

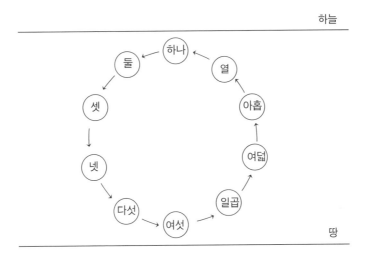

수학에서 홀수는 실수實數, 짝수는 허수虛數라고 합니다. 그 까닭은 홀수는 생명체며 짝수는 생명체가 통과하는 터널이기 때문입니다. 도표로 봅니다.

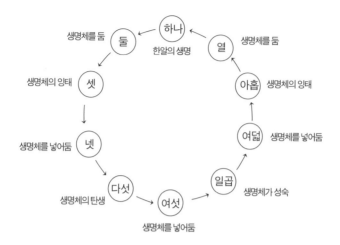

오래 전에 그 나라의 문화 수준을 알려면 공중화장실을 보라고 했습니다. 요즈음은 문화의 수준을 무엇을 보고 가늠하는지 궁금합니다. 내 생각에는 그 민족의 문화 수준을 가늠해 보려면 그 민족의 고유언어로 사용하는 숫자를 보면 가능하다고 생각합니다. 우리는 하나, 둘, 셋, 넷…이 한 알의 생명이–둘로 나뉘어 두어졌다가–잉태되어–넣어지고… 이렇게 생명체가 혼에서 탄생하여 성장노쇠를 거쳐 죽음에 이르는 과정을 숫자로 담아냈습니다.

그렇다면 중화中華라고 자부하는 중국의 숫자는 무엇을 원료로 삼았는지 보겠습니다. 중국의 하나, 둘, 셋, 넷은 니, 얼, 산, 스입니다. 이것은 니日, 얼月, 산山, 스水입니다. 이 세상에서 해가 제일 크니까 1로 삼고, 그 다음 크다고 생각되는 순서로 달을 2, 산을 3, 물을 4로 정합니다. 중국의 숫자는 10장생十長生처럼 눈에 보이는 것들 가운데 큰 것부터 차례를 정한 것입니다.

중국의 숫자는 물질, 형이하학이 원료며 눈에 보이는 것들입니다. 우리의 숫자는 눈에 보이지 않는 혼魂에서부터 1이 시작되어 생명체의 원순환 고리로 둘, 셋, 넷으로 하여 열, 죽음으로 끝나고 또 다시 새로운 생명으로 시작하는 생명의 노래입니다. 중국의 형이하학의 숫자와 문화적으로 비교가 되지 않습니다.

비교할 수조차 없이 아름다운 문화를 지닌 우리들의 선조들이 하등의 문화를 지닌 외국의 문화 식민지가 되어 2000여 년 동안 살았다는 것은 무엇으로 설명해야 할지 난감합니다. 그저 한마디로 하면, 한민족이 바보들로 변화하였다고밖에 생각할 수 없습니다. 과거는 지난 일, 아름다운 문화의 원료를 알았으니 앞으로 아름다운 문화를 꽃피워 올려야 하겠습니다.

나가며

말言의 원료, 말의 구성, 말의 소중함을 밝히는 얘기는 여기에서 끝을 내려고 합니다. 처음 말을 만든 빛사람들을 생각하면 매우 부끄러운 일이지만 더 이상 얘기를 한다고 해도 처음 생겨난 말의 뜻을 지금 사람은 이해할 수 없기 때문입니다. 이미 2000여 년 전부터 말의 뜻을 잃은 한민족인데 지금 와서 짧은 시간, 책 한 권으로 말의 본래 뜻을 알고 이해하리란 생각도 하지 않습니다.

말은 의사소통의 도구나 기호가 아닙니다. 생명체의 근원인 빛魂을 원료로 하여 만든 삶의 기준, 가치관, 삶의 운용을 얘기한 살아 숨쉬는 세계 최고의 경전經典입니다. 종교의 경전에는 신神이 도사리고 있어 무겁지만 한민족의 언어 경전엔 신神이 없어서 연하디 연하고 아름다운 경전입니다. 모든 경전은 생명체에 대한 얘기입니다. 그러나 어떤 경전보다도 우리의 말은 생명체를 복합적이고 입체적으로 세분화하였으며 그 안에 생명이 살아 숨을 쉬고 있습니다.

　다른 민족의 경전은 양피지나 종이, 목판에 새겨 후손에게 전하였으나 한 민족의 경전은 말로써 늘 어디서나 말을 하는 순간마다 생명체를 느끼도록 만들었습니다. 보관하기 쉽고 사용하기 쉬운 세계 최고 경전, 생명의 노래를 찬란하게 부르고 있는 우리 말의 뜻을 바로 알고 살려서 써야 합니다. 그것만이 우리들 내일의 희망입니다.

바보한민족

등 록 1994.7.1 제1-1071
인 쇄 2009년 9월 5일
발 행 2009년 9월 15일

지은이 박해조
펴낸이 박길수
편집인 소경희
디자인 이주향
펴낸곳 도서출판 모시는사람들
        110-775/서울시 종로구 경운동 수운회관 1207호
전 화 735-7173, 737-7173 / 팩스 730-7173

출 력 삼영그래픽스(02-2277-1694)
인 쇄 (주)상지피엔비(031-955-3636)
배 본 문화유통북스(031-937-6100)
홈페이지 http://www.donghakbook.com

ISBN 89-90699-74-9